不可否认，当我们感叹于大自然的鬼斧神工，当我们激动于艺术家们的奇妙作品时，正是它们的造型在最初的一瞬间打动了我们。从自然的现象到人工的形式，从为满足需求的形态到美化生活的设计，随处可见的造型成为我们认识美丽世界的开始。艺术家们从感悟大自然的奇妙造型中得到灵感，奉献出凝聚着创意的作品，从而将设计引入了人们的生活，使得各种造型本身充满了灵动的意味。

造型设计（MODEL DESIGN）也称造型艺术，即用一定的物质材料以一定的表现技法，创造可视的平面或立体形象。这一名词源于德语，18世纪德国文艺理论家莱辛最早使用，也称 "空间艺术"、"视觉艺术"。随着社会的不断发展，造型艺术不再以阳春白雪的姿态出现，而是大大地拓展了其范畴，更多地介入人们的生活当中。

作为现代设计的组成部分，造型在设计中的作用举足轻重。造型设计不仅需要解决功能、结构、材料、色彩、装饰、制造工艺以及形态等方面的问题，同时也与社会、经济、文化以及人的生理、心理等各方面因素密切相关，由此可见，造型设计是一门内涵广阔的学科。造型设计的种类从空间结构上区分，有立体、平面的造型设计；从对象种类上区分，有工业产品、纯艺术品甚或于人的造型设计；从功能上区分，有侧重于宣传、保护或美观等功能而做的造型设计……林林总总的内容，为现代设计师研究造型设计理论、探索造型设计方法提供了广阔的空间。然而，对现代造型设计的研究却与高速发展的现代设计理念不相匹配。造型设计研究起步较晚是一个不争的事实，同时也存在着研究较片面、学术深度不足等弊病。我们从众多设计师造型设计研究成果的基础上，尝试做更进一步的拓展和探索，从视觉艺术的角度对造型设计的功能、美学和风格特征以及相关的人文因素进行分析，力图使造型设计的研究更全面和更具艺术性。

《现代设计造型丛书》由多位长期致力于现代设计理论研究并具有丰富教学实践经验的学者主导编写，对设计造型的研究做了有益的探索，提出了一些新的见解。在编写过程中注重学科前沿性、理论创新性，同时，采用深入浅出的方式，以使设计理念能真正融入到人们生活的方方面面。

本套丛书表现的是研究的过程和创新的成果，期望能对现代设计造型的研究带来些许裨益，以期达到抛砖引玉的作用。对于一些不足和欠缺之处，欢迎有识者的讨论和指正。

事实上，我们期盼着更多更深入地对设计造型理论的探索和讨论。是为序。

编者写于广西艺术学院

2007年元月17日

目
录

01 关于环境艺术设计造型

一、设计造型概念

从人类艺术的诞生时，就没有离开过"建筑"这个名词，人类的艺术起源与原始的建筑有着某种不可割舍的关系。建筑在原始社会是人们所创造的艺术的审美核心，它不但是审美的形式，而且有更深层次的含义。它包含着特定的社会感情和文化意识。它不仅是人类躲风避雨的场所，而且从秩序、线条、形式、色彩等方面带给人们以审美愉悦，而且是"文化性"的，从文化、理想、象征、历史等方面满足人们更深层次的需要。建筑艺术必然构成了所有对艺术进行美学研究的出发点和基础。

现代设计是工业化文明的产物。现代设计是为现代人以及现代经济、现代社会的生活方式提供服务的艺术活动。在现代主义设计运动的过程中，有一些重要的设计运动，这些设计运动每次都与装饰的扬弃有一定关系。或者是运用装饰，或者是抛弃装饰，很大程度上都是围绕装饰对现代设计做新的发展，从而形成新的造型艺术，这特别体现在建筑上，现代的建筑发展史就是现代设计史的发展。

放射与渐变是美学原则之一

矛盾的造型手法在各类造型艺术中是常用的理念之一。本作品通过点与线的矛盾，各元素间的方向矛盾来塑造"情感"，作品有很强的艺术感染力。

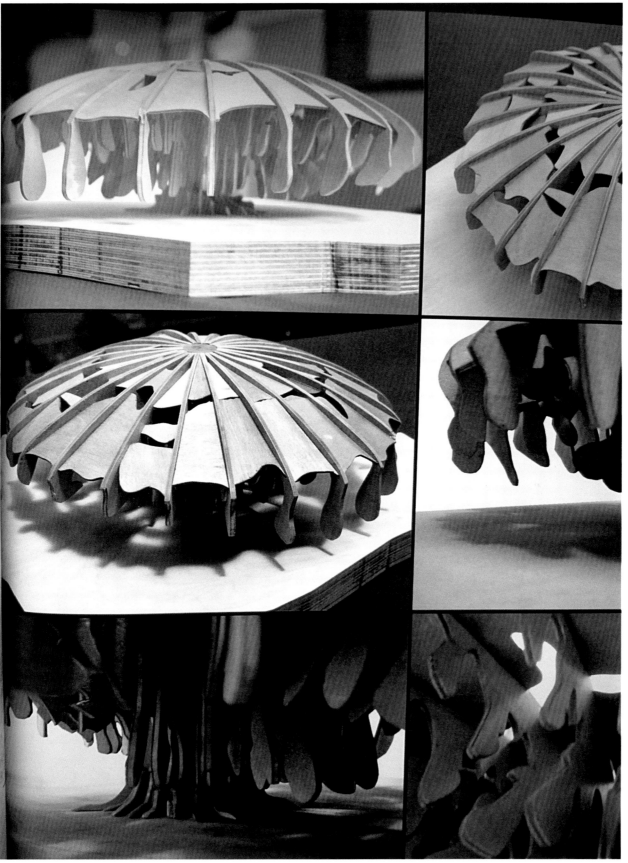

该景观原创建构物设计灵感来自于一棵"树"的原形。树的形态、元素经过了理性、工业化及美学处理，通过作者的概括、提炼而塑造的一件抽象作品。

现代设计造型丛书 + 环境设计造型

二、设计造型原理

形式的美是与内容无法分割的,形式美是艺术存在的前提,我们所说的创造与创新也总是先从形式上有所突破,美也总是存在于形式之中的,没有形式上的创造,就没有美的创意。但形式的美并不是轻而易举就可实现的,它来自于我们对生活的总结与探索,也来自于我们有创造性的想象,还来自大师们的较高艺术修养。所以说形式上的美是设计大师毕生追求的一种艺术境界。正如:"疏可跑马,密不透风;大而不空,小而不阻;方中见圆,圆中见方;柔中有刚,刚中带柔。"也就是说,环艺设计上的形式美不但是一种自然美,同时也是一种经过人工再创造的艺术之美。

形式美法则:比例、对称、均衡、节奏、疏密、对比、调和、重点。

造型设计中点的特征?造型设计的基本要素

造型设计的基本要素的五个方面

1. 夸张与变形

①对自然形象进行夸张与变形,使其更接近角色塑造的需要。

②对非自然形象的创作设计更需要想象力

宝马汽车公司的建筑造型灵感显然来自于他们对宝马汽车发动机的"信心",并进行了夸张的造型美学理念。

某城市雕塑造型采用了节奏、对比调和的设计语言。

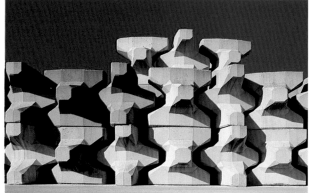

统一中有变化的造型构成

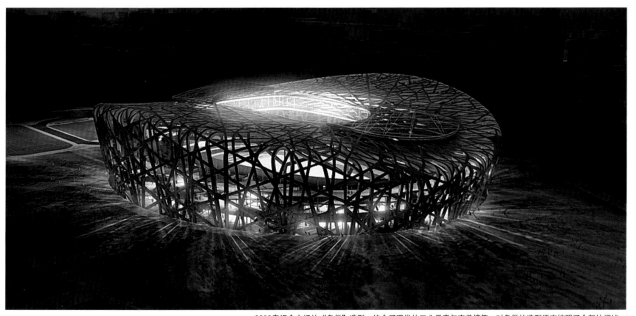

2008奥运会主场的"鸟巢"造型，结合了现代的工业元素与审美情趣，对鸟巢的造型语言惊醒了全新的阐述。

2. 通过联想塑造角色 (悉尼歌剧院)

　　思维过程中的联想与想象可以说是人类思维的本能，根据主题产生联想与想象，借由内心的想象，使读者与作品之间产生互动状态，可以说，想象是创造的开始，以象征结束。其中起重要作用的是创造性和想象力，想象力是设计师的重要资本。创造力、想象力是对知识的长期积累，它们需要知识的滋养，知识和经验是想象力、创造力赖以滋生的土壤。知识是相对有限的，想象力远比知识更宽广。因此，人们的想象力是推动知识乃至世界上一切事物进步的源泉。联想和想象都是创意的关键，是设计中不可缺少的组成部分，是决定设计成功与否的重要条件。只有通过对联想思维的训练，达到对形态的深层面认识与感悟，才能使想要传递的信息更有效地、准确地、直观地反映于设计，使参与者被感化和感动，从而产生共鸣。

悉尼歌剧院的建筑设计师说，他的设计灵感来自海滩上的海水、沙滩上的自由曲线与贝壳的美妙组合和对比。当时他迅速地捕获了这一灵感，从而成就了今日的世界级经典作品。

3.单纯化（埃及金字塔）

人类学家佩尔森认为，早期原始艺术重视象征性，强调形式、节律和符号化，而不太重视内容，可以被看成抽象艺术，他的观点有些道理，包括纹身在内的许多原始服饰艺术常常是些简单的线条和形状。但是由此认定其为抽象艺术就太草率了，因为原始纹样的意图指向写实，就像汉字一样，形状有时与模仿对象区别很大，但本质上却是象形的。原始人的智力发展和手工技能都处在比较低的水平上，装饰工具和材料也很有限，不可能得心应手地准确描绘对象，只能用简单的线条画出鱼纹、水纹、云纹……它们不是高度的抽象图案，而是简单的写实形状。

理论上的抽象是用概括语言来表述众多现象的共性，而审美的抽象表现的是单纯化或几何化的形式本身。

单纯、简单即是美，埃及金字塔以其雄浑、纯粹的三角椎体造型述说传奇的历史，迷住了全球游客的"心"。某种意义上来说，这个造型代表了埃及。

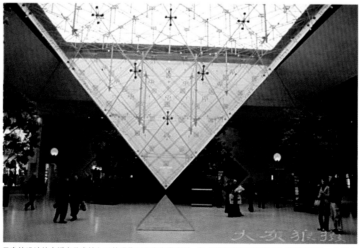

贝聿铭设计的卢浮宫美术馆入口的现代工业金字塔造型，与卢浮宫的古典建筑产生的强烈对比，法国人民经过一段时间的理解感受，才真正接受了这一伟大的造型设计作品。

4.符号化（方尖碑）

著名哲学家恩斯特·卡西尔认为人是符号的动物，人类所有精神文化都是符号活动的产物，人的本质即表现在他能利用符号去创造文化。因此，一切文化形式，既是符号活动的现实化，又是人的本质的对象化。符号在建筑领域中是后现代主义的主要特征，它把建筑的构件、各种建筑风格都作为符号处理。

符号的选用与创造，充分体现了设计师的艺术功底与素养。任何视觉符号都有一定的文化内涵，它们必须围绕着一个特定的主题有机地结合在一起。这里视觉符号是一种艺术符号，也是表现性符号。

符号的使用与创造一定要准确、要恰如其分。要与其他造型因素相统一并成整体。符号的表现物可以是艺术品，也可以是器物，还可以是植物、石头、水……富有创造力的设计师能把生活中有意义的东西变成视觉符号。

把环境作为一种符号现象，为解决长期困扰设计人员的继承和创新的矛盾问题提供了一条有效的途径。设计符号像文字语言一样，既根于往昔的经验，又与飞速发展着的社会相联系，新的功能、新的材料、新的技术召唤着新的思想。

美国华盛顿纪念碑的造型取自非洲古老方尖塔的原形，并进行了尺度的放大。方尖碑这一古老视觉符号，象征了阳刚、勇敢的气质。

5. 组合的造型关系

单纯的积木能组合的造型与图案几乎是无限制的，所以能组合成千变万化的造型与形式，不同的形态进行的组合更可以产生丰富的变化。环境艺术造型设计中的组合设计，是非常重要的造型手法之一，不同文化背景的环境造型语言与符号，经过设计师的创意设计会带来令人惊奇的效果。

建筑景观造型采用了单纯的立方体积木造型手法，产生了大小，高低穿插的有机变化

德国国会大厦被某艺术家用布曼进行了整体包装，建筑形体产生了巨大的视觉变化，塑造出了非常强烈的建筑艺术印象，不得不佩服艺术家超凡的想象力

　　建筑设计常用的骨骼形式也是一种组合的造型关系。上海金茂大厦采用的就是组合造型关系中的纵向组合。北京紫禁城建筑群采用的是组合造型关系中的平面横向组合。而拉斯维加斯的酒店很多运用特殊的组合。特殊的建筑造型组合，给沙漠中的拉斯维加斯带来了活力与娱乐气息。贝聿铭先生设计的美国国家美术馆东馆，采用了三角形的基本造型元素，进行多样化的组合造型，充分考虑到功能与交通及建筑空间艺术性三者的有机结合，项目设计取得巨大成功。

荷兰某建筑群采用了一种单纯的棱体结构，结合多角度的建筑骨骼构成形式，建构出丰富多变的建筑体。

三、造型的发展

现代社会人类的一切生存空间、物质和生活方式，都需要经过精心而富有创意的设计，艺术设计是设计科学的一个重要部分，是一种物质生产活动，既是物质的又是精神的，艺术设计与现代科学技术的结合创造社会的物质文明和精神文明，推动社会进步与发展。

艺术设计作为人类创造活动的一种重要形式，在当今社会经济高度发展的时代，已与国家的经济命运、资源的开发、国家建设发展、社会的物质文明与精神文明建设密切相关，是一项重大的战略问题。从艺术设计本身的发展来看，设计的起源有两个显著特征，其一是劳动的分工，其二是生产工艺的改进使得大规模生产和低消耗成为可能。设计的每一次飞跃和进步，都处在因社会分工而造成的社会经济高度发达的时期。首先，因为社会经济发达社会需求加大、人类文明和审美情趣的提高，为艺术设计提出了更高的要求并提供了雄厚的物质基础。国际化的造型设计理念不但体现在设计的地域多样化，同时国际化的造型设计也都融入独特的设计语言。国际化的造型设计理念是将本土化、差异化和品牌特征这三个主要因素有机结合起来的产物。

单纯几何形体的构成穿插、组合，会产生丰富的造型状态。

荷兰某艺术造型建筑，因其丰富多变的外形、奇妙的空间造型，成了当地的著名旅游景点。造型采用相似形的有机组合，产生了一定的韵律感。

02 全新的造型设计语言

一、关于主题 抽象造型

老子《道德经》三十幅共一毂，当其无，有车之用。埏埴以为器，当其无，有器之用。凿户牖以为室，当其无，有室之用。故有之以为利，无之以为用。这很好地表达了物体造型与功能的关系。

艺术设计发展的原动力在于人们对美的不懈追求，这种追求是自发的、与生俱来的。正是这种对美好事物的向往与追求，成为推动社会经济发展的强大动力。我们说科学技术是生产力，就在于它能推动社会经济的发展。艺术设计能够促进社会经济的发展，主要表现在它不仅满足了人们不断增长的物质需求，也满足了人们的精神需求。艺术设计是把预期目的和观念具体化、实体化的手段，是人们进行经济建设活动的先期过程，它的本质是人们对将要进行的经济建设活动做出艺术化的设想和筹划。总体来看，这种设想和筹划是进步的，发展的，甚至是超前的，从这个角度来说，"艺术设计也是一种生产力"、"设计就是经济效益"的说法明确了艺术设计是一种推动社会发展的动力。这正是抽象造型发展的第一种模式：由现实景物出发，加上简化、抽离、混和、错位等不同的技巧。

抽象主义手法在景观设计中的运用可归结为简明扼要的抽象法，也就是将大自然本身的形象进行必要的整合，将一些不必要的表象化东西全部放弃，然后用理性的归纳法，超越具体的界限，达到抽象的境界，或者将其组合成多层面的修饰形象。另外，以单一的点、线、面块等几何雏形为原料，按美的自身原则经过空间上的更替、平移、旋转、放射、扩大、混合、切割、错位、弯曲，以及不同性质的物质的重组，以达到有特别创意的修饰形态。

西班牙科技馆采用了仿生与抽象主义的设计手法，建筑造型的结构骨骼产生了很强的生物肢体语言。结构系统完整、精密，传达出非常时尚、科技的视觉印象。

流畅的结构梁柱

精密的结构

奇趣的入口之一

完整的形体

二、主题的认知 联想与意象

怎么踏入"抽象"的世界呢？让我们看看抽象派大师蒙德里安所做的尝试：

 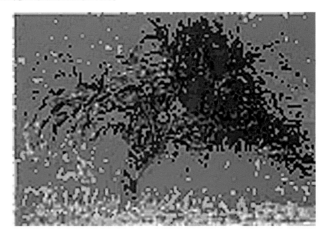

这是一件铅笔素描习作，是写生描绘而来的作品，风格是写实的，我们可以看出，艺术家以纤细的笔法，尽力地去模仿自然。
蒙德里安，《树》，1912年

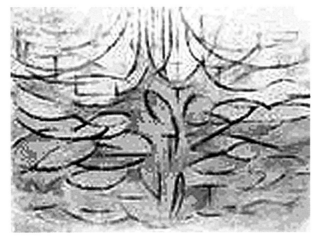 

这幅画只看到交错弯曲的弧线，这是从树的造型变化中抽离的形象，艺术家说，这是《开花苹果树》，这已不是特定的某一棵树，而是艺术家心中对树的概念。
蒙德里安，《开花苹果树》，1912年

　　了解这种发展形态后，下次面对这一类的抽象画，你能不能运用想象去欣赏艺术家的创意精神？除了这种以真实景物为蓝本出发演绎的抽象画外，还有另一种截然不同的发展形态。抽象造型发展的第二种模式：不需参照真实的景物，完全以艺术家的创意自由地组合变化"色彩"与"造型"。

　　例如以下这三件作品：

由画题中，我们也猜不出到底"画的是什么"，但是由缤纷的色彩与自由的线条，我们却能感受到欢乐活泼的气息隐含在其中。
康丁斯基，《黄、红、蓝》，1925年

画面中只有被截切的圆形、交错倾斜的平行四边形，虽然画作的意义不明，但是我们可以抛开成见，单纯地欣赏它的色彩与造型，这幅画色彩温和雅致，错落的几何形状，隐隐营造出空间立体的层次感，是一件很耐看的作品。

莫荷里·那基，《构成》，1924年

这是由弯曲的粉色线条组合成的画面，充满着韵律，使平面的画面，竟有着起伏波折的动感。不需要凭借真实事物，只有色彩与造型就可以创造出美丽动人的世界。

黎雷，《大扭曲与灰》

在其创作过程中，触觉、运动觉往往直接作用。但在总体把握作品全貌时，又不能不主要依靠视觉。鉴赏作品时触觉、运动觉则必然伴随视觉一道作用。

三、主题特征的项目造型设计

概念设计是项目策划中的一个重要内容，是产品策划，是以市场定位为基础，以营销为目标，通过调查研究和分析论证，针对性地提出贯穿特定项目开发全过程的发展概念，并将概念转化为有操作性的设计原理和创意，作为导引后续设计和销售宣传的原则蓝本和评价标准。

概念设计定位及内涵：概念是项目集中表达的特殊优势和独特主题，是开发商倡导的某种生活方式，很大程度上决定产品具有与众不同的内容、形式和气质，即个性。它产生于市场调查、环境分析、理论推演和感性意象，使用简练的语言高度概括主客观的本质特征。

经抽象概括出来的概念，目的是要在产品设计中充分表现出来，无论采取何种宣传攻势，客户最终还是要看产品的表现来直观地领会概念。概念反映出处于特定自然与社会条件下人们对居住环境的期待内容，如生态、教育、社会交往等。

广州白天鹅宾馆的中庭设计，是有名的"家乡水"主题设计。它把南方典型的青山、碧水、亭阁等结合在一起，营造出一个情景交融、室内外沟通的艺术氛围。而这青山、碧水、亭阁正是浓缩的视觉符号，加上"家乡水"三个字的点题，便生成清新、自然与和谐的美感，格外令人陶醉。

概念通过设计理论转化为设计手法指引，为产品采取一定的结构、空间、形势及其组织方式——即设计手法打下基础。

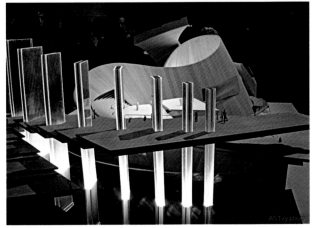

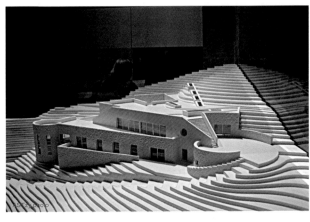

巴西国会大厦，采用了主题象征的项目设计概念，三大单体建筑分别代表国会、参议院、众议院。碗口朝上的建筑代表众议院广纳议案；碗口朝下表示民主集中；中央的H形建筑是国会，表示权力平衡之意。

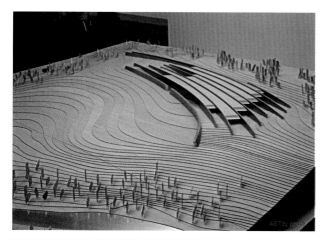

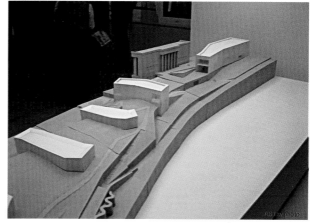

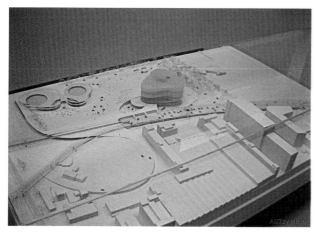

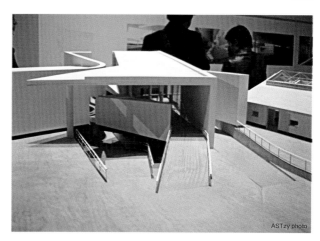

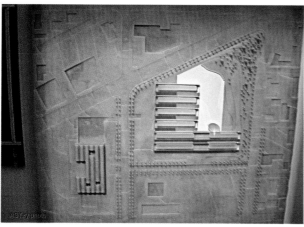

国际上经常举行各种建筑、景观、空间的概念设计竞赛，主题项目设计语言形式各异，有很强的启发性。

XIANDAI SHEJI ZAOXING CONGSHU • HUANJING SHEJI ZAOXING

19

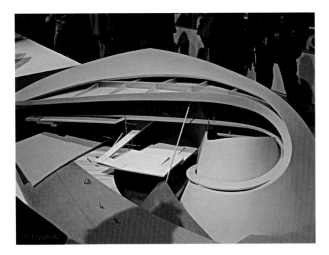

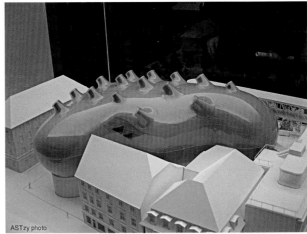

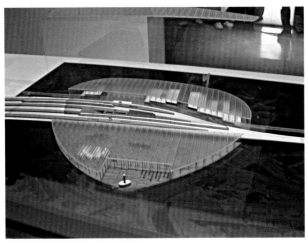

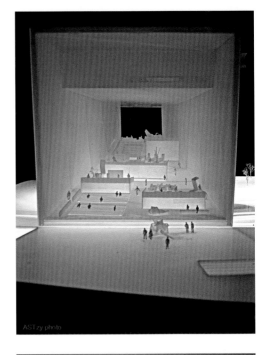

主题概念性项目设计，其观念与指导思想是可高于市场，并以创新观念与材料造型语言发展为主。

上海金茂大厦概念设计来自于中国"塔"的意象，其造型语言吸收了西安大雁塔的基本结构与艺术美学。

西安大雁塔

四、形态塑造的必要性

在研究设计艺术形态学的同时，人们从不同角度对形态学研究加以了系统的划分：自然形态与人工形态、技术形态与艺术形态、功能形态与几何造型等。依据功能来造型的属于功能形态。包豪斯设计学院的开创性工作之一，便是进行了工业产品形式的纯化。它强调以几何造型为主，使产品形式单纯明快、轮廓简单，为工业时代的设计造型开拓了道路。几何造型并不排斥仿生学的有机形态，只是它更加抽象和更加简洁。

设计意味着创新，这决定了必须用发展的观点来看待设计及其形态，不然所设计的产品就会丧失生命力。消费者在选购产品时，往往也通过产品形态所表达出的某种信息来判断和衡量是否与其内心所希望的一致，从而最终做出购买的决策。不同的时代都有自己的设计语言，时代在发展决定着设计师应不断地培植新型形态观，成为引领消费的先行者。以苹果公司所产个人电脑的设计为例，G3时代，人们看到的是多彩、透明、绚丽的外观，体现活泼的气氛、给人时尚的感受；在G4时代，呈现的是半透明、银灰色的外观，每个细节都体现着科技时尚。两下相比，人们会觉得G3电脑已不属于当前时代，因为它在视觉上已体现不出当前时代的气息，缺乏属于当前时代的设计语言；G4电脑则体现出理性、前卫，引领时尚潮流。因为用户现在需要这种时尚元素与之共舞。

五、形——空间形态和造型艺术的结合

形态是设计的根基，设计是对形态的抽象与提炼。形是营造主题的一个重要方面，主要通过产品的尺度、形状、比例及层次关系对心理体验的影响，让用户产生拥有感、成就感、亲切感，同时还应营造必要的环境氛围使人产生夸张、含蓄、趣味、愉悦、轻松、神秘等不同的心理情绪。例如，对称或矩形能显示空间严谨，有利于营造庄严、宁静、典雅、明快的气氛；圆和椭圆形能显示包容，有利于营造完满、活泼的气氛；用自由曲线创造动态造型，有利于营造热烈、自由、亲切的气氛。特别是自由曲线对人更有吸引力，它的自由度强，更自然、也更具生活气息，创造出的空间富有节奏、韵律和美感。流畅的曲线既柔中带刚，又能做到有放有收、有张有弛，完全可以满足现代设计所追求的简洁和韵律感。曲线造型所产生的活泼效果使人更容易感受到生命的力量，激发观赏者产生共鸣。利用残缺、变异等造型手段便于营造时代、前卫的主题。残缺属于不完整的美，残缺形态组合会产生神奇的效果，给人以极大的视觉冲击力和前卫艺术感。造型艺术能够表现引人投入的空间情态，如体量的变化、材质的变化、色彩的变

化、形态的夸张或关联等，都能引起人们的注意。

　　通过空间形态特征还能表现出空间的象征性，主要体现在空间本身的档次、性质和趣味性等方面。通过形态语言体现出空间的技术特征、环境功能和内在品质，包括形体之间的过渡、表面肌理、色彩搭配等方面的关系处理，体现设计的优异品质、精湛工艺。通过形态语言把握好世纪的档次象征，体现某一空间环境的氛围和与众不同，造型设计的主要难点在于象征性。一方面要保持建筑的抽象性与纯粹性，另一方面又要使之能够提供业主所期望的具象的联想。

　　空间大小已由外部建筑环境决定，并不是每个界面都可以根据室内设计随意更改，对于室内设计中由于空间界面的确定而造成功能的不足可由家具造型来弥补。在一个大的室内空间，往往根据需要划分出一些小空间，家具是最灵活的方式之一。屏风是中国传统建筑室内空间分隔的主要手段，一直到现在，我们还可以在中餐厅里看见用屏风来划分不同的用餐区。它既可保证不同区域相互间不受干扰，又可在不需要时很方便地撤掉形成一个大空间。格拉斯学派的代表麦金托什设计的高背椅，在就餐时自然形成一个高135cm的矮屏障，减少了空间尺度，密切了餐桌上的家庭气氛。

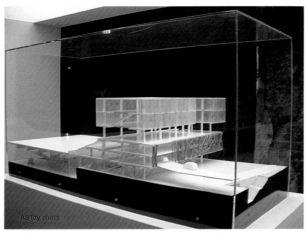

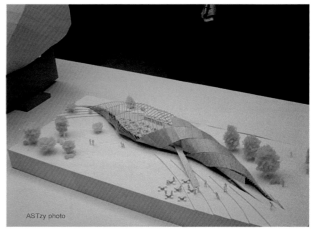

具有仿生设计概念的建筑设计

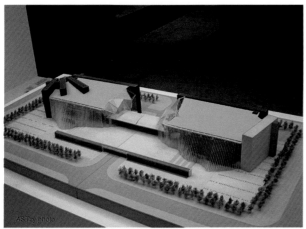

概念设计可通过模型来表达，模型能较好的直观的形体与空间环境的关系。

多变的形体，适合用单纯的材料来进行表现

模型同时会带来材质语言的研究

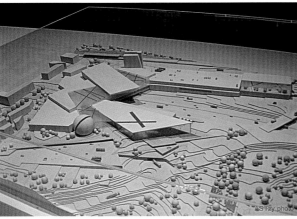

相似形叠加，切割的造型设计

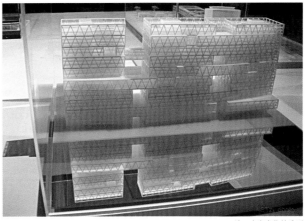

统一中有变化的造型

流线形的造型设计，中央部分加入了对比元素组合

现代高科技材料在模型造型上的运用

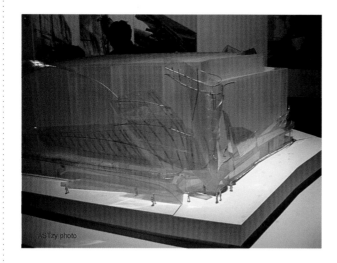

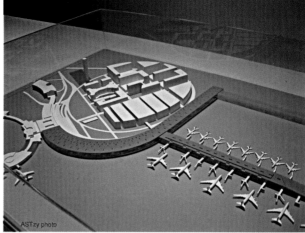

完整形体上的切割造型

相似形的运动叠加，虚实对比

主题项目概念设计的展览非常受设计师们的欢迎，国际上经常举办各类设计展。

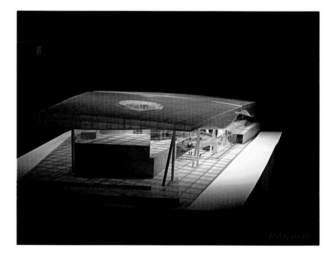

ASTzy photo

多样性对比造型

ASTzy photo

计算机辅助造型

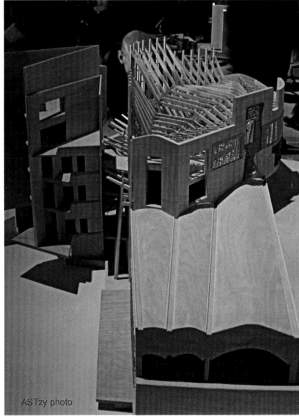

ASTzy photo

解构主义风格建筑造型

ASTzy photo

粤皇轩酒楼　设计：陶雄军　参与设计：彭霄、陈新海、冯云浩、张通、韦敏、程阳。
本项目设计采用了抽象构成的手法，来表达港式风情与维多利亚贵族格调。空间构成与过渡运用了解构主义风格，水晶灯造型成了空间重点装饰。

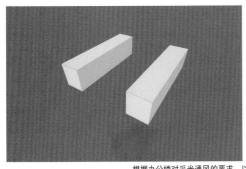 

根据办公楼对采光通风的要求，以及产权模式的建设要求，两楼南北朝向平行布置，中部可形成内院空间。

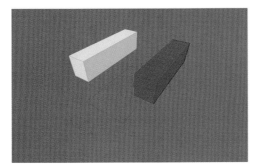 

入口设置水池，2号楼面积缴小，连接水池后，与1号楼形成均衡的空间。

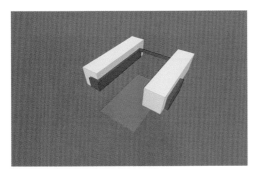 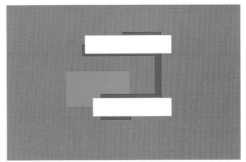

开放式集合办公需要大进深空间，自然形成立面上的突出块体。

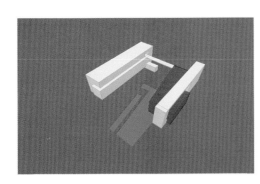 

园内入口人流由南至西进入，2号楼内院界面向南倾斜8度形成呼应。

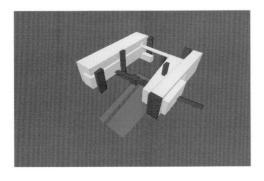 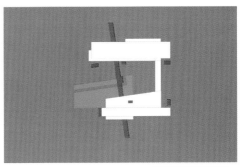

设置横向及竖向交通体。

造型衍生过程示意

悉尼歌剧院贝壳群造型与现代建筑群的对比，突显出异常的美感。

线与面的对比

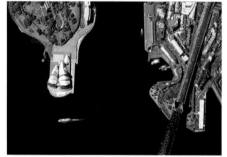

悉尼歌剧院鸟瞰图，反映出空间环境造型关系。

悉尼歌剧院细部继续表现贝壳这一主题概念。

贝聿铭先生设计的日本秀山美术馆，主题概念来自中国陶渊明的"桃花源记"中的情景，通过现代主义风格造型与空间过渡塑造来体现这种美好的理想。

造型的延续

贝律铭：秀山美术馆　现代版桃花源记

天花造型为了自然光的导入，同时也营造了佛味

诺曼·福斯特设计的德国国会大厦，该建筑沿用了经典的穹顶造型，但采用了高科技的表现手法，令其产生了强烈的现代感，同时很好地反映了德国的透明政治制度，三权分立。头顶蓝天透明的国会主会议厅，与一些国家封闭隔绝的大会堂设计形成了鲜明的对比。

很酷很炫的金茂大厦建筑幕墙造型。

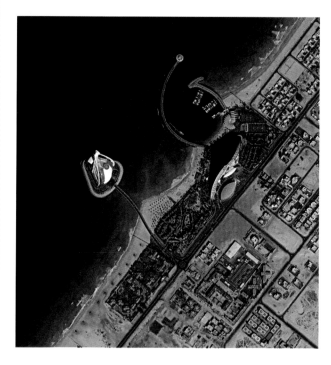

迪拜的风帆酒店是世界上最高级的酒店之一，其设计理念来自于"船"、"帆"与海的主题。抽象、夸张的设计手法将主题元素进行了夸张的尺度表现与现代材料的展现结合，富于时代审美情结。

03 环境设计中的造型元素

一、环境设计中点的设计

1.点的大小：点从面积上看，有大小之分。 2.点的形状：几何形的点，如"○、△、□"，属规则形态，在景观造型设计中，给人的整体印象是规则、整齐、有理性，但较机械；非几何形的点，是由自然的曲线构成的外形，给人的印象是活泼、有亮点。

点，即点景，风景园林的焦点，在景观造园活动中起锦上添花、画龙点睛之效。植物栽植中，单植或丛植的零散点缀，点的合理运用，也是设计师们的创造力的进一步延伸，具体手法有：自由式、陈列式、旋转式、放射式、特异式等。点的不同排列组合也可产生不同的艺术效果，点同时也是一种无约束的修饰美，也是景观设计的主要构成部分。

简单的元素进行点式排列组合与构成

美术馆前的艺术雕塑形成空间的一个亮点

香港新机场出港处的五彩雕塑，通过这个"点"，很好的展现出香港的多彩生活。

海边巨大的鲸鱼雕塑造型，为城镇带来了乐趣，但相对大海的尺度，它仅仅是海滩空间上的一个"点"。

泰国曼谷机场的文化亮点

城市步行街中趣味性"点"的设计

古希腊景区的一个雕塑"亮点"

现代设计造型丛书　+ 环境设计造型

XIANDAI SHEJI ZAOXING CONGSHU　● HUANJING SHEJI ZAOXING

绍兴沈园中的爱情主题洗手台

涌泉成了景观中的一个"动态"的点

平面转化为三维空间立体的构成方法及美学特色

点的构成形式

（1）不同大小、疏密的混合排列，使之成为一种散点式的构成形式。

（2）将大小一致的点按一定的方向进行有规律的排列，给人的视觉留下一种由点的移动而产生线化的感觉。

（3）以由大到小的点按一定的轨迹、方向进行变化，使之产生一种优美的韵律感。

（4）把点以大小不同的形式，既密集又分散地进行有目的的排列，产生点的面化感觉。

（5）将大小一致的点以相对的方向，逐渐重合，产生微妙的动态视觉。

（6）不规则点的视觉效果。

简约的景区导标造型（杭州西湖边景观）

水线的设计

二、环境设计中线的设计

廊道景观要体现节奏和韵律感，要收敛合宜且富有趣味性，避免单调，充分体现功能与形式的完美结合。此外，要考虑道路景观的引导性，加强景观视线焦点和兴趣点的设计，注重景观置换。线有曲线与直线之分，在规则式园林中直线是常用的运用手法，而曲线则在后现代派风格的园林设计中得到大量使用。神以线而传，形以线而立，色以线而明，园林中的线不仅有修饰美，同时也有一种流畅之美。

线结合拉·维莱特公园设计来点评，再歧江公结合园设计来分析，风之形项目设计

城市景观界面小，月河作为历史上的护城河，也是现代城市中的线性水体，是北京城的一个重要界面。结合北京和苏州丽江来分析、海南火山口公园

线的构成形式

（1）面化的线（等距的密集排列）。

（2）疏密变化的线（按不同距离排列）透视空间的视觉效果。

（3）粗细变化空间、虚实空间的视觉效果。

（4）错觉化的线（将原来较为规范的线条排列作一些切换变化）。

（5）立体化的线。

（6）不规则的线。

线状动态的水，带来了环境的生气

立体化的波浪线

意大利威尼斯的线状水道

立体线状围合空间

现代设计造型丛书 ＋ 环境设计造型 ｜ XIANDAI SHEJI ZAOXING CONGSHU ● HUANJING SHEJI ZAOXING

简约的线与面的结合

富于韵律美的线状水体景观设计

可欣赏的水线设计

线的构成

澳门某地景设计

折叠的线

意大利威尼斯的水道，形成水线的网，使城市产生了迷人的韵味。

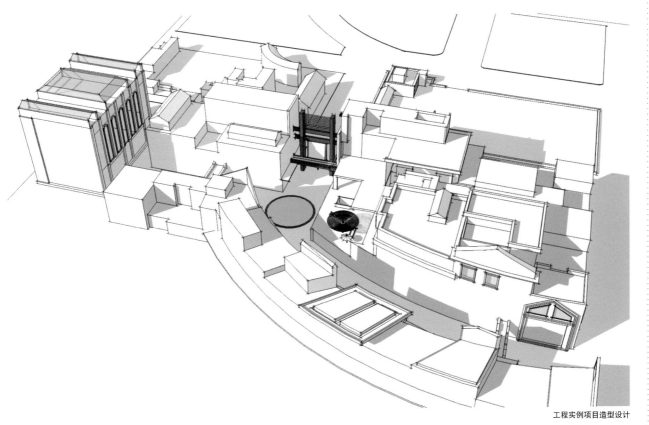

工程实例项目造型设计

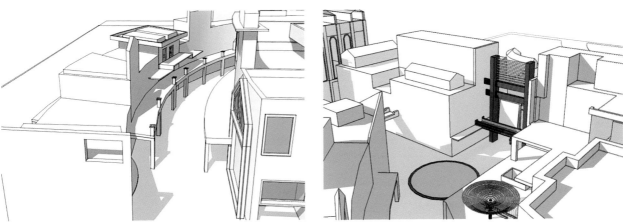

广西桂平市新天地步行街设计

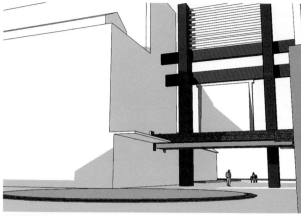

山门意象造型

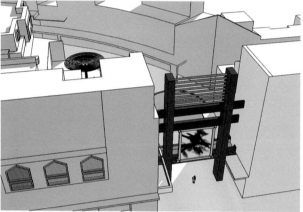

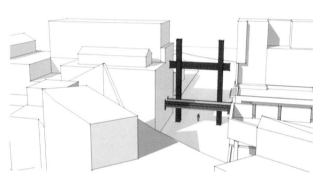

桂平市是一佛教旅游文化名城，该步行街景观大胆采用了解构主义的设计手法，塑造"佛"文化与"商业"文化的结合，山门意象、桂平古人景、西山乳泉等元素成为造型的源泉，体现出了一定的地域性。

设计：陶雄军，参与设计：彭霄、黄惠玲、任翔、林翔、郭亚菊。

三、环境设计中面的设计

　　景观造园中的面，通常是指大面积的草坪地被及各种形式的高篱、绿墙等具有立体感的植物栽植方式。面的技法也是造园中最为常用的一种手法，面的使用是自由的、活泼的、无约束的，如各种形式的多边形、不规则形，将其进行不同方式的组合或层叠或相接，其表现力是异常丰富的。

　　面的构成形式

　　（1）几何形的面，表现规则、平稳、较为理性的视觉效果。

　　（2）自然形的面，不同外形的物体以面的形式出现后，给人以更为生动、厚实的视觉效果。

　　（3）徒手的面。

　　（4）有机形的面，得出柔和、自然、抽象的面的形态。

　　（5）偶然形的面，自由、活泼而富有哲理性。

　　（6）人造形的面，较为理性的人文特点。

平静的水面

北京街头京剧脸谱艺术的空间界面

变化的水面

绿化的面

切割运动的面

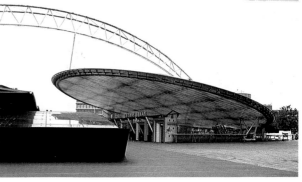

科技的面

四、环境设计中的空间与造型

空间是什么，朴素地说，空间就是"场"。就是不同形式、不同距离界面之间所限定的不同形态的"场"之间的构成形态。这种不同形态的"场"的构成会使观者产生具有时间历程的美感。一般情况下，构成"场"的主要关系要素是：1.面积。即限定空间场的界面的面积越大强度就越大，反之则越弱。2.距离。界面之间的距离越近，空间的张力就越强，场性就越鲜明，反之场性就越弱。3.界面的主导方向不同也会给空间带来不同的变化效果，可使之呈现出异形空间场形态。这主要是由于又增加了一个关系要素的缘故。即产生了空间场和界面主导方向的双重关系，因而空间场的形态变化就复杂了。4.形状。界面的形状不同更会增加被限定空间场的复杂程度。因为形的变化往往其中包括更多的关系要素，既有面积又有主导方向等内涵。

1. 空间尺度概念与构成原理

由视觉、触觉、运动觉感知的空间，可依次称为视空间、触空间、运动空间，或视觉的空间、触觉的空间、运动的空间。所谓空间，即物质的广延性，又可分为虚空间、实空间或体积、立体。

由视觉、触觉、运动觉产生的空间特性，几乎全部显示出绘画、雕塑、建筑、工艺美术各领域的空间性质。从这些观点出发，绘画是具象空间或立体的平面表现，是平面艺术。雕塑是具象的物体形成，以实空间为主，伴随着虚空间，是立体艺术。建筑是抽象空间及体积的形成，具备虚、实两空间，是狭义上的空间艺术。空间艺术的德语Raumkunst，在作为日常用语时意义最狭窄，指内部建筑或与建筑有关的内部装修，包括壁面、天井的构成，色彩、采光的处理，家具、附件的设置。所以它又与几乎全部的工艺美术领域有关，以后才涉及雕塑、绘画，意义变得宽泛起来，基本上与美术或造型艺术等义。

2. 空间尺度关系

空间的比例与尺度是关于空间量度关系的问题。其中比例是空间各构成要素之间的数量关系，尺度则是空间构成要素与人体之间的数量关系，比例和尺度的变化会带来视觉感受上的不同。

(1)高狭空间：有上升感，具有神圣的、崇高的含义。

(2)开阔空间：低而阔的空间使人产生一种开敞的感受。

(3)巨型空间：大空间包容小空间，常用来作为纪念性或展览性空间。

(4)亲切空间：这种空间接近人体尺度，使人有宁静、亲切的感受，常用于住宅建筑中。

3. 空间造型的关系

单一空间通过一定的方式联系起来成为更加多样的空间，空间的关系可分为四种：空间内的空间、穿插式空间、接触空间、由公共空间连起的空间。

(1)空间内的空间：也可以称为"母子空间"。在大空间中包容许多小空间，两者之间产生视觉及空间的连续性。

(2)穿插式空间：这种空间指两个空间相互穿插相互重叠以形成公共部分，在空间穿插的同时，各空间仍保持个体的界限及完整性。

(3)接触空间：接触指两个空间处于共存的界面并联系起来，相邻空间之间的连续程度，取决于空间的分隔与联系的那些面的特点。

(4)由公共空间连接的空间：两个空间，由第三个过渡空间将其连接，这时第三个空间的特征有单独的意义，它的形状及朝向往往与所联系的空间形成差别，表现出其联系空间作用

4. 建筑空间造型构成

自然的空间环境经过划分与标记成为建筑空间，建筑空间代表着秩序。

单个空间的构成方法

基面的变化也是限定空间的一种简单又行之有效的设计手法，同一高度的水平面具有一定的连续性，它们所限定的空间是一个统一的整体，当水平基面出现高度的差别变化时，人们会感觉到空间有所不同。

基面变化包括基面抬高、基面下沉、基面倾斜以及纹理、材质、色彩的变化。在地面，依赖不同的材料铺设，将需要的那部分场地从背景中标记出来，这是限定空间的最直接简便的办法。利用基面的质感和色彩的变化可以打破空间的单调感，也可以产生划分区域、限定空间的功能。

如果欲加强限定空间的程度，我们可以将其升起或凹入，制造高差使其在边缘产生垂直面以加强空间与周周地面的区分感。高差可以带来很强的区域感。当需要区别行为区域而又须使视线相互渗透，运用基面变化是很适宜的。例如，要使人的活动区域不受车辆的干扰，与其设置栏杆来分隔空间，不如在二者之间设几级台阶更有效。当基面存在着较大高差，空间会显得更加生动、丰富。抬高的空间由于视线不能企及显得神秘而崇高，下沉的空间因为可以通过视线俯视其全貌而显得亲切与安定。草面倾斜的空间其地面的形态得到充分的展示，同时给人向上或向下的方向上的暗示。

通过设立的办法，即在上述的空间四角立起柱子，也可以加强空间的限定程度。在意大利威尼斯圣马可广场上，以海为背景的两根花岗岩柱"狮子柱和圣·台奥道尔柱，大大地收束了庇阿赛塔广场的外部空间"。

垂直面的使用是空间围合的常用手法，它比设立有更强的空间分隔感。当垂直面的高度及腰部时，它隔而不断，使空间既分又连；当超过身高时，它遮挡了视线和空间的连续性，使空间完全隔断。

在外部空间中，利用水平面和垂直面(多为虚面)对空间进行处理，参与围合空间的要素可以是多种多样的，一道墙体，一丛灌木，一排栏杆，一列灯柱等。

围合空间的界面的虚实程度对产生的空间是否具有封闭感、形态是否清晰有着很大的决定作用。参与围合的界面越连续，面数越多，产生的空间就越封闭，反之，就越开朗。

当设立和垂直面的高度在2.5m以上时，若在其上面搭起梁架，那么，空间在此被划分。因为它既不阻断视线，也不阻挡行为，所以，架起使空间具有流动感，并有助于形成层次和丰富造型，架起使空间富有层次过渡空间。当把架起改为平行于地面的平面时，它便成为覆盖。覆盖在垂直方向上划分空间。

5.复合空间造型的构成方法

主从关系：在一组空间中，需要有一个主要空间以突出重点。一般而言，那些尺度较大的、位置居中的、限定程度比较强的空间以及序列空间的高潮所在的空间，都是主要空间。

空间对比："当由小空间进入大空间时，由于小空间的对比衬托，将会使大空间给人以更大的感觉"。空间大与小、虚与实、开敞与封闭的适当对比，可以创造先抑后扬、小中见大和豁然开朗的空间效果。同时还有不同形状空间的对比。

过渡与层次：空间的过渡就像音乐中的休止符或语言中的标点符号一样，使之段落分明并具有抑扬顿挫的节奏感。过渡空间本身没有具体的功能要求，它应当尽可能小一些、低一些、暗一些，只有这样才能充分发挥它在空间处理上的作用。合理的空间层次能满足人们对空间的私密性、半私密性和公共性的划分需要。建筑入口处的门廊、平台和架起都能起到室内外空间的过渡作用。

穿插与渗透：空间之间的连通、穿插、渗透以及内外空间相互交融，从而呈现出极其丰富的层次变化，是现代建筑空间的特点。两个相邻的空间，如果在分隔的时候，不采用实体的墙把二者完全隔绝，而是有意识地使之互相连通，将可使两个空间彼此渗透，相互因借，从而增强空间的层次感。

中国古典园林建筑中"借景"的处理手法也是一种空间的渗透，"借"就是把彼处景物引导至此处，这实质上无非是人的视线能够跃出有限的屏障，由这一空间而及于另一空间或更远的地方，从而获得层次丰富的景观。

空间的重复：空间的适当重复可以强调统一和突出性格，也能造成一定的韵律节奏感。

空间序列与节奏：与绘画、雕刻不同，建筑作为三度空间的实体，人们不能一眼就看到它的全部，而只有在运动中——也就是在连续行进的过程中，从一个空间走到另一空间，才能逐一看到它的各部分，从而形成总体印象。由于运动是一个连续的过程，因而逐一展现出来的空间也将保持连续的关系。人们在观赏建筑的时候，不仅涉及空间变化的因素，同时还涉及时间变化的因素。组织空间序列的任务就是要把空间的排列和时间的先后这两种因素有机统一起来，使空间协调一致又充满变化且具有时起时伏的节奏感。当三个以上的空间组合时，序列组织的手法经常被使用。沿主要人流路线逐一展开空间，这种序列"有起、有伏、有抑、有扬、有一般、有重点、有高潮"。其中，高潮所在的空间将引起人们情绪上的更大共鸣。

五、环境艺术造型设计的环境空间关系

1.突出、强调建筑物的竖向线条是当代建筑师常采用的手法，它能使建筑物产生一种飘逸而上的感觉，一种直抒胸臆的情怀，常常使人联想到勃勃的生机和气息。简单的竖向线条排列的建筑方面并不困难，但是，与环境结合是建筑外观处理上常遇到的主要问题。这就依靠建筑师根据建筑物所处具体位置、建筑背景等方面进行综合考虑，也是建筑师自身尺度感一个体现。

2.突出平整外形的设计造型较多体现在办公、宾馆建筑，在繁华喧杂的建筑群中，运用平面整体性为主立面，在平整外形的基础再追求某些线条、门窗的变化，使建筑物脱颖而出，给人一种清朗、简朴的造型，表达一种大度、高尚的意境。反而有些办公建筑采用复杂、多变的主立面会带给人们一种烦琐、心烦的感觉和视觉效果。

3.棱柱形建筑多用于高层和超高层设计，通常是表皮统一整体的清新、高耸平顶的棱柱形。棱柱形建筑有许多种，有的在棱柱形的外部作游戏线型现代风格处理，形成柔和的味道，有的则在复杂的实体外表增加浅浅的矩齿形式。香港中银大厦是一种组合的棱柱形建筑。其构成因素是三棱柱，著名华人建筑大师贝聿铭从中国古代哲学中寻求灵感，从民间谚语"芝麻开花节节高"中得到启发，使建筑体现了某种隐喻，表达了人们追求步步高的美好愿望。近年来在世界各地流行起来的网络式圆屋顶，就是一种完全以球面造型的建筑形式。这种结构不需要内部支柱或承重墙。这样的内部空间可以任意地划分融断，使其具有最合理的空间和最充足的光线。北京国家大剧院就是最典型的球形建筑。

04 造型设计与风格

一、包豪斯的造型设计理论及作品分析

包豪斯是1919年在德国魏玛由格罗佩斯创办的一所设计学院，在短暂的15年（1919—1933年）的办学历程中形成了整套的设计教学体系，是世界上第一所完全为发展设计教育而建立的学院。集中了20世纪初欧洲各国对于设计的新探索与试验成果，特别是荷兰的"风格派"运动、俄国的构成主义运动的成果，加以发展和完善，成为欧洲的现代主义设计运动的中心，把欧洲的现代主义设计运动推到一个空前的高度。

我们都知道，现代主义设计风格是受到现代艺术运动以及"新建筑"运动的影响发展起来的，它具有一定的社会民主主义色彩，强调机械美、功能美，主张理性化的设计，主张简洁、实用，否定装饰的作用，把形式与功能的关系对立起来，从而发展出与以前不同的设计风格。强调表现主题，强调在现实、求真、吸收科学成就中，来塑造酷似真实的艺术形象。符合逻辑、简约、沉稳和精湛的工艺质量正是德国工业设计语言的主要元素。

1958年，密斯·范德罗和菲利普·约翰逊设计的纽约西格莱姆大厦是国际主义风格的标志性建筑，同时也是密斯·范德罗"少即是多"的设计思想的产物，这种过分强调理性、功能、简洁的设计越来越缺乏个性与人情味，越来越使人们感到厌倦。

巴塞罗那国际博览会德国馆，密斯·范德罗的代表作品，建成于1929年，博览会结束后该馆也随之拆除，其存在时间不足半年，但其所产生的重大影响一直持续着。密斯认为，当代博览会不应再具有富丽堂皇和竞市角逐功能的设计思想，应该跨进文化领域的哲学园地，建筑本身就是展品的主体。密斯·范德罗在这里实现了他的技术与文化融合的理想。在密斯看来，建筑最佳的处理方法就是尽量以平淡如水的叙事口吻直接切入到建筑的本质：空间、构造、模数和形态。这座德国馆建立在一个基座之上，主厅有8根金属柱子，上面是薄薄的一片屋顶。大理石和玻璃构成的墙板也是简单光洁的薄片，它们纵横交错，布置灵活，形成既分割又连通，既简单又复杂的空间序列；室内室外也互相穿插贯通，没有截然的分界，形成奇妙的流通空间。整个建筑没有附加的雕刻装饰，然而对建筑材料的颜色、纹理、质地的选择十分精细，搭配异常考究，比例推敲精当，使整个建筑物显出高贵、雅致、生动、鲜亮的品质，向人们展示了历史上前所未有的建筑艺术质量。展馆对20世纪建筑艺术风格产生了广泛影响，也使密斯成为当时世界上最受注目的现代建筑师。

德国馆在建筑空间划分和建筑形式处理上创造了成功的新经验，充分体现了设计人密斯·范德罗的名言"少即是多"，用新的材料和施工方法创造出丰富的造型艺术效果。

德国包豪斯建筑造型

灰空间的造型

科技与艺术的结合，著名的巴塞罗那椅造型

空间层次塑造

密斯·范德罗设计的巴塞罗那国际博览会德国馆，从造型上来看，很好地体现了其提出的"少即是多"的现代主义设计思想，其作品深深影响了一代代设计师，至今的简约主义设计风格亦是现代主义思想的传承。

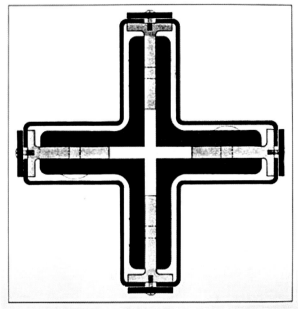

包豪斯（巴塞罗那馆） 十字形结构柱

德国包豪斯校园建筑造型

利用模数造型成了现代主义设计的重要手法

严谨的造型

严谨的造型

解构的自行车雕塑，尺度进行了夸张

儿童游乐区的波浪形地面

巴黎拉·维莱特公园局部区域景观造型。

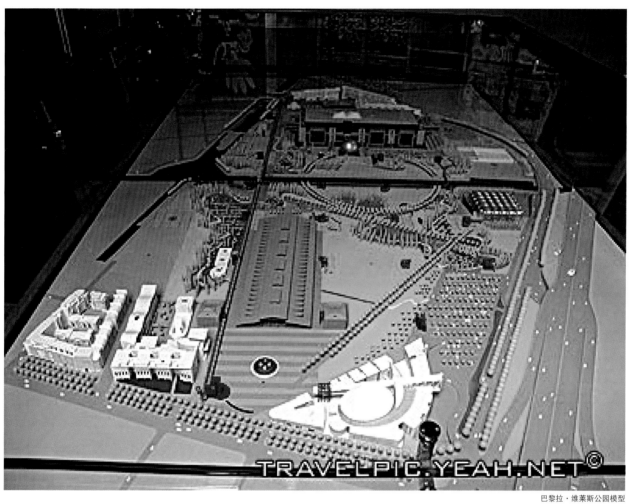

巴黎拉·维莱斯公园模型

PLAN DU PARC

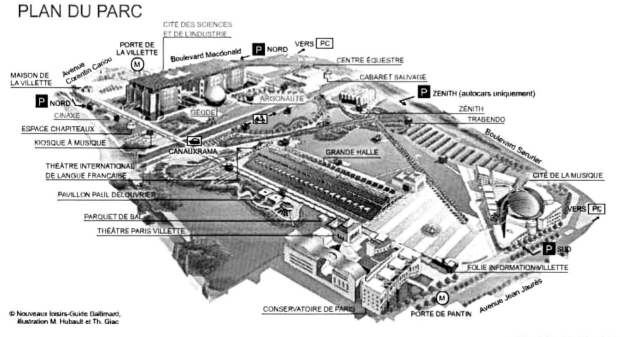

CITÉ DES SCIENCES ET DE L'INDUSTRIE

PORTE DE LA VILLETTE

MAISON DE LA VILLETTE

Avenue Corentin Cariou

Boulevard Macdonald

P NORD

VERS PC

CENTRE ÉQUESTRE

CABARET SAUVAGE

P NORD

CINAXE

ARGONAUTE

GÉODE

ZENITH (autocars uniquement)

ZÉNITH

TRABENDO

ESPACE CHAPITEAUX

KIOSQUE À MUSIQUE

CANAUXRAMA

GRANDE HALLE

Boulevard Sérurier

THÉÂTRE INTERNATIONAL DE LANGUE FRANÇAISE

CITÉ DE LA MUSIQUE

PAVILLON PAUL DELOUVRIER

VERS PC

PARQUET DE BAL

THÉÂTRE PARIS VILLETTE

P SUD

FOLIE INFORMATION VILLETTE

CONSERVATOIRE DE PARIS

PORTE DE PANTIN

Avenue Jean Jaurès

© Nouveaux loisirs-Guide Gallimard,
illustration M. Hubault et Th. Giac

巴黎拉·维莱斯公园功能区域分析图

打散的雕塑

屈米设计的巴黎拉·维莱特公园是解构主义风格的代表作，打散再重构是其核心设计理念，包括历史、时间、空间、材料的重新建构。

鲜艳的色彩

历史重构

不可预见性的复杂度

产生意想不到的效果

二、由构成主义而带来的解构主义在形式与造型上的解放

俄国构成主义者把结构当成是建筑设计的起点，以此作为建筑表现的中心，这个立场成为世界现代建筑的基本原则。他们利用新材料和新技术来探讨"理性主义"，研究建筑空间，采用理性的结构表达方式，对于表现的单纯性、摆脱代表性之后自由的单纯结构和功能的表现进行探索，以结构的表现为最后终结，最早的建筑之一弗拉基米尔·塔特林设计的第三国际塔方案，完全体现了构成主义的设计观念。第三国际塔是塔特林在1920年设计的，这座塔比艾菲尔铁塔高出一半，里面包括国际会议中心、无线电台、通讯中心等，这个现代主义的建筑，其实是一个无产阶级和共产主义的雕塑，它的象征性比实用性更加重要。

苏联文化部在柏林举办的苏联新设计展览，不仅让西方系统地了解构成主义的探索和成果，而且了解到设计观念背后的社会观念和社会目的，受此影响，格罗佩斯立即调整了包豪斯的教学方向，抛弃无病呻吟的表现主义艺术方式，转向理性主义，提出"不要教堂，只要生活的机器"的口号，是包豪斯自1919年开办以来第一次政策上的重大调整。

解构主义是20世纪60年代由法国哲学家雅克·德里达系统提出的。解构主义重视个体、部件本身，反对总体统一。目的是打破秩序然后再创造更为合理的秩序。

包豪斯展览会的招贴画

解构主义对西方传统的哲学思想进行挑战，以打破束缚人们的条条框框。

20世纪80年代以后，解构主义作品出现了，它的形式实质是对结构主义的破坏和分解，即把完整的现代主义、结构主义建筑整体破碎处理，然后重新组合，形成破碎的空间和形态，强调部件也具有表现力。解构主义是现代主义面临危机而后现代主义又被某些设计家们所厌恶，没有一种设计风格能取代现代主义设计的地位的时候，作为一种后现代时期的设计探索形式之一而产生的。拉·维莱特公园位于巴黎东北部，占地约50km²，基地曾经是大型牲口市场，公园东南角附近为19世纪的市场大厅。乌尔克运河几乎恰好将基地一分为二。运河东端南岸是一座大型流行音乐厅。北半部中有刚建成的具有大型高技拍建筑风格的科学工业城。馆前为一巨大的不锈钢球幕电影院。1982年法国文化部向全球设计师征集设计方案，希望建立一个不同凡响的21世纪的城市公园，并且应该完全突破以往传统的庭院合公园模式，而成为像建筑师贝聿铭设计的卢浮宫玻璃金字塔一样的"大手笔"。当今不少名家，例如黑川纪章、迈耶、格洛夫、莫尔、普罗夫斯特和库哈斯等都参加了角逐。在472份入围竞赛方案中，建筑师伯纳德·屈米带有解构主义色彩的方案脱颖而出，成为中选方案。屈米从法国传统园林中学到了一些手法，例如，巨大的尺度、视轴、林阴大道等，但是并没有按西方传统模式设计公园。相反，公园在结构上由点、线、面三个互不关联的要素体系相互叠加而成。"点"由120m的网线交点组成，在网格上共安排了40个鲜红色的、具有明显构成主义风格的小构筑物（Folly）。这些构筑物以10m边长的立方体作为基本形体加以变化，有些是有功能的，如茶室、临时托儿所、询问处等，另一些是附属建筑物或庭院，还有一些没有功能。"线"由空中步道、林阴大道、弯曲小径等组成，其间没有必然的联系。空中步道一条位于运河南岸，另一条位于园西侧贯穿南北。林阴大道有的是利用了现状，有的是构图安排的需要，例如科学博物馆前的圆弧大道，在规整的建筑与主干道体系之中还穿插了另一种线型节奏：弯曲的小径，小径将一系列娱乐空间、庭院、小游泳池、野炊地、教育团等联系起来。"面"是指地面上大片的铺地、大型建筑、大片草坪与水体等。

对于这种深受解构主义哲学影响，并且纯粹以形式构思为基础的公园设计，屈米认为是一种以明显不相关方式重叠的裂解为基本概念建立新秩序及其系统的尝试。这种概念抛弃了设计的综合与整体观，是对传统的主导、和谐构图与审美原则的反逆。他将各种要素裂解开来，不再用和谐、完美的方式相连与组合，而相反切用机械的几何结构处理，以体现矛盾与冲突。这种结构与处理方式更注重景的随机组合与偶然性，而不是传统公园精心设计的序列与空间景致。

解构主义最先影响到的是建筑设计。一部分建筑设

计师对德里达的解构主义哲学非常认同，在自己的设计中采用了这种重视个体、部件本身，反对总体统一的哲学理论。大量解构主义的建筑作品的出现，对人们的思想和生活产生了很大影响。解构主义风格的代表人物有佛兰克·盖里、伯纳德·屈米、彼得·艾森曼等。其中影响最大的就是佛兰克·盖里。盖里被认为是世界上第一个解构主义的建筑设计家。他在成立自己的建筑事务所后逐步采用解构主义的哲学观点，将其融入到自己的建筑之中。他的作品反映出对现代主义总体性的怀疑，对整体性的否定，对于部件个体的兴趣，是在后现代时期异军突起的一个新的探索。他设计的在巴黎的"美国中心"、巴塞罗那的奥林匹亚村等，都具有鲜明的解构主义特征，成为评论界讨论的中心。他的设计基本是采用解构的方式，即把完整的现代主义、结构主义建筑整体破碎处理，然后重新组合，形成破碎的空间和形态。他的作品具有鲜明的个人特征，采用解构主义的基本原理。他重视结构的基本部件，认为基本部件本身就具有表现的特征，完整性不在于建筑本身总体风格的统一，而在于部件的充分表达。盖里的设计代表了解构主义的精神精华。

面与体进行了重新建构，产生丰富的空间层次

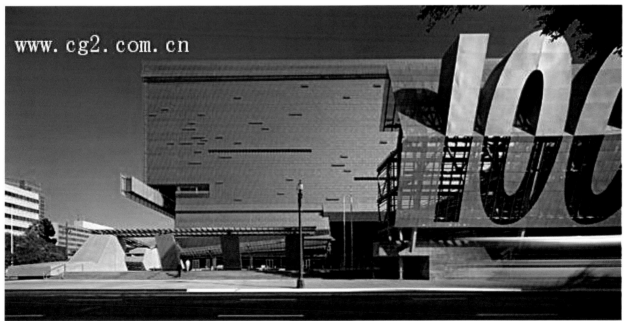

打破秩序，再重塑秩序的最新解构主义造型作品

弗兰克·盖里的解构主义风格作品

严谨的线造型

JAY PRITZKER PAVILION

旋转的面造型

弗兰克·盖里将解构主义风格推向了一个高峰，其雕塑化的构成艺术建筑作品，产生了美轮美奂的空间造型与科技感，在打散秩序的同时利用严谨精密的细部节点造型来产生对比，富于极强的时代气息。

55

解构主义概念模型

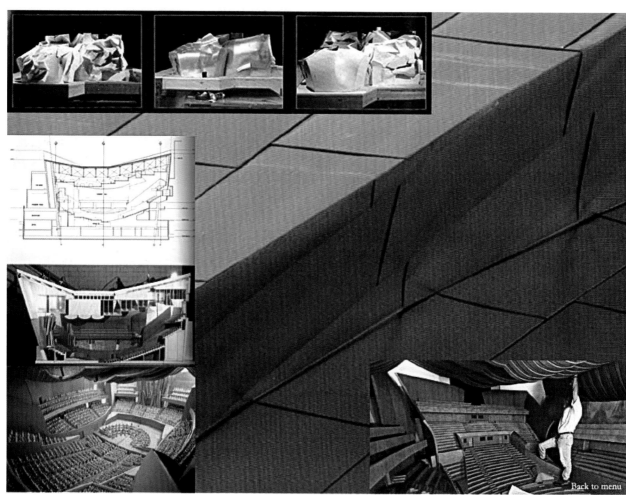

计算机辅助设计，自由造型中确保精准的设计数据

相似形重组秩序，同时加入材质的对比

BACK FROM BOSTON, WEBSITE UPDATE COMING SOON, I
SAW THREE REMARKABLE BUILDINGS AND ENJOYED
WALKING THROUGH BOSTON ... I RECOMMEND VISITING
IT!! THIS IS ME @ THE FRANK GEHRY DESIGNED COMPUTER SCIENCE BUILDING @ MIT, 24 MAY 04

www. cg2. com. cn

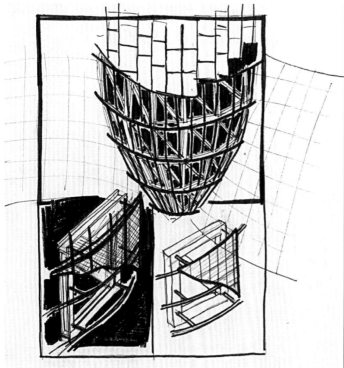

设计手稿

美术馆入口造型

雕塑化的建筑造型

形体间的穿插、旋转，产生空间

工程实例造型设计

现代主义包豪斯风格的写字楼项目设计

设计：陶雄军，参与设计：彭霄、陈新海、任翔、黄本、韦敏、程阳

铂宫国际——项目设计方案

景观走廊2

陶雄军环境艺术设计事务所

走廊空间

铂宫国际——项目设计方案

景观走廊

陶雄军环境艺术设计事务所

办公区域 设计：陶雄军

铂宫国际——项目设计方案

会议室入口

陶雄军环境艺术设计事务所

简约的室内空间，体现了严谨的模数造型精神

铂宫国际 项目设计方案

副董事长

陶雄军环境艺术设计事务所

三、现代简约风格及作品分析

简约主义的精神主要源自于20世纪初期的西方现代主义。现代主义建筑大师MiesVanderRohe的名言："less is more（少即是多）"高度概括了简约主义的中心思想。

此风格的特色是，其设计的元素、材料都很单一，但色彩的形成非常费工，而且使用的材料质感很强，也很昂贵。因而简约主义的家居空间较含蓄，但非常强调质感。简约风格的家具，起源于1919年德国包浩斯学院的基本设计理念，包浩斯试图采用科学方法，将艺术分解成不同的元素，然后有系统地加以运用、创作，并且坚信金属、夹板、塑胶、玻璃等新式材质，以及借由工业制作过程，能大量地生产兼具美学与经济实用的家具。随着工业技术的进一步发展，简约风格家具的设计更专注于人体工学的研究和新式材质的开发。无论是造型独特的椅子，或是强调舒适感的沙发，其功能性与装饰性恰到好处的结合，以及注重环保性能的家具更受人们的喜爱。

北欧风情是如今国内家居设计界最时尚的一种风格。北欧设计的简约、现代，体现着北欧人对高品质生活的追求，家里的空间秩序井然，家具用起来要舒服，而且崇尚原木韵味。其基本精神就是：讲求功能性，设计以人为本。北欧现代设计风格，起步于20世纪初期，形成于第二次世界大战期间，一直发展到今天，是世界上最具影响力的设计风格流派之一。北欧学派有三个主角在不同的发展时期分别充当旗舰，瑞典在三四十年代势头最为著名，丹麦于20世纪五六十年代势头最劲，而芬兰自本世纪崭露头角，实际上在每个时代都有独特的贡献，只是在20世纪60年代以后处在前卫的领导地位。

人道主义的设计思想、功能主义的设计方法、传统工艺与现代技术的结合、宁静自然的北欧现代生活方式，这些都是北欧设计的源泉。"风格即生活"的理念无处不在。斯堪的纳维亚家具目前受到全世界各地的欢迎与重视，最主要的原因是它满足了现代的生活方式对家具所提出的要求。家具的外观并非严格地追随时尚，而是不带任何已有的观念或偏见，完全是为了满足我们这个时代多变的需求。斯堪的纳维亚家具实用，结构严谨，谦逊朴实，考虑周到且优雅别致，可以自然地融入周围环境当中。北欧当今的家具生产已完全有能力满足广泛且截然不同的品味与需求。从历史悠久的手工木制家具到工业化生产的极其现代的金属和塑料家具，各具特色，应有尽有。家具种类形式的多样化表达反映了致力于给予人们个性自由的社会中的人的内在细微差异，这样避免了严重违背个性化生活方式的一致性所带来的束缚。北欧的环艺造型设计形式是风格的外化，也是内容的一部分。

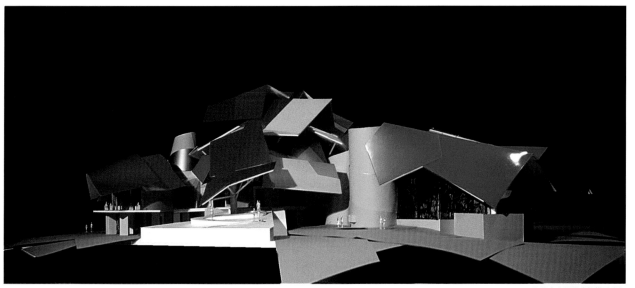

解构主义风格建筑模型分析

工程实例造型设计

东南亚神韵的空间造型

东南亚风格的配饰

室内外的空间关系

佛文化的熏陶

新地方主义风格的南宁完美SPA会所

项目设计：陶雄军 参与设计：陈新海 任 翔 彭 霄 郭亚菊等

未来风格造型设计

活动度假屋

未来风格的造型设计

OOSTERHUIS.NL: WEB OF NORTH-HOLLAND, 2002

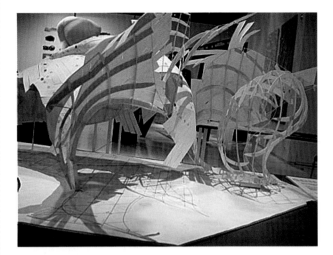

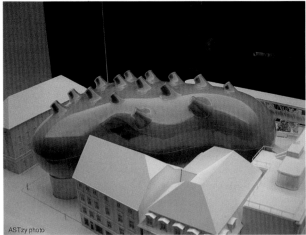

ASTzy photo

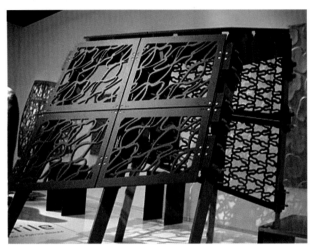

国际未来建筑的概念设计

现代设计造型丛书 + 环境设计造型

XIANDAI SHEJI ZAOXING CONGSHU · HUANJING SHEJI ZAOXING

四、新本土主义风格及作品分析

"新本土主义建筑"一词渐为人知。"新本土主义建筑"的基本理念是尊重自然和师法自然,最大限度地利用自然生态方式,不过度依赖工业技术手段,营造生态环保、节能节材、健康舒适的建筑环境,以适应不断变化发展和可持续发展的建筑需求,其内涵具有时代性、地域性和文化性三大特征。

特征之一:时代性 建筑是历史,它记载了建筑所处时代的社会生活方式、生产方式和建筑方法以及社会意识形态(如制度、宗教和文化等)。新本土主义建筑应具有源于社会的时代精神和源于自然的创新精神,它不仅要满足当今社会的物质要求(如使用功能和建筑技术条件),而且还要满足当今社会的精神与文化需求。新本土主义建筑因师法自然而师法古人,但师古在于神,其形式应是新时代的建筑技术和生活方式以及建筑文化的反映。

"西湖天地"是一处园林、历史文化浓郁的休闲旅游景区。它以杭州独特的园林、历史建筑为基础,将自然与时尚、历史与现代相融合,最终形成一个具有国际水平,集世界知名品牌餐饮、零售、文化、娱乐为一体的综合性休闲区。"西湖天地"虽是"上海新天地"的姊妹篇,但特点不尽相同。"上海新天地"是建在钢筋森林里的,杭州"西湖天地"则与天下无双的西湖相伴,先天条件无与伦比。对于传统的改造不能走极端,不可能全盘颠覆,也不能全单照搬,仅仅是需要给当地人多一种选择。生活质量高,并不是锦衣玉食,而是生活方式可以有多种选择。既可以去高档餐厅,也可以去街边小吃;既可以去音乐厅听歌剧,也可以到民间乐坊领略风趣,这就是西湖天地的特色。

特征之二:地域性 建筑是地理,它反映了建筑所在地的气候条件、地质条件和地形地貌。建筑的地域性原则是其区别所有艺术和技术产品的惟一标准。新本土主义提倡建筑要顺应自然,适应当地的气候,而不是依赖技术创造人工气候。因为忽视本土气候特征的建筑,所创造的室内环境必然是高造价和高能耗的,而且其舒适性和健康性越来越遭到质疑甚至否定。因此,新本土主义将因地制宜视为建筑的根本。

与上海新天地一样,西湖天地同属香港瑞安集团,亦由美国设计师本杰明操刀设计,然而却体现了不同的风格。虽说两处张显的都是时尚与先锋,上海新天地强调的是中西合璧,有着浓厚的商业气息;而西湖天地则借着西湖的湖光山色,把杭州的山水园林特色发挥得淋漓尽致,一时间游人如织,更是成为了杭州小资和时尚人士的聚合之地。

西湖天地位于西湖南岸的涌金池畔,紧邻柳浪闻莺,占地3万平方米,名曰:园林篇;当整个项目结束后,面积将达5万平方米。第一期的十多幢建筑都是杭州有来历的浙派民居,设计师巧妙地将现代元素与传统建筑完美结合,既保留了粉墙黛瓦、雕梁画栋,又采用大面积的落地玻璃窗来传递窗外美景。

特征之三:文化性 建筑是文化,它应反映建筑所处社会的人居文脉、生活习惯、审美心理和建筑技术。建筑文化一定是立足于本土的,脱离了本土环境和文化建筑就没有文化可言,也就不是真正意义上的建筑了。新本土主义建筑由于其自身的本土原则,具有与生俱来的文化性,因而承载了文脉的记忆和建筑的精神。新的建筑不与历史脱节,但旧有的风格也没必要全盘复制,刻板保留,新旧结合是必然的,这样才是真正的历史演变的过程。新的建筑也成为了城市历史的一部分,为现代人、下一代甚至于更后来的人提供更美好的生活环境。新天地项目的中心思想是把当地的特有文化、历史和建筑风格,符合当地经济文化发展趋势和消费模式与我们的设计构思结合起来,在建筑设计上融入现代化的元素,把新旧完美地结合起来。

新本土主义建筑由于尊重自然且不过度依赖工业技术,因而是环保的;由于师法自然,因而是生态的;由于适应本土气候和不过度依赖人工气候,因而是节能的;由于尽量就地取材和选择自然材料,因而其材性和感观是持久的;由于传承本土建筑文脉和人居文化,因而是永恒不衰的。由此可见,不论从宏观到微观,还是从物质到精神方面,理想的新本土主义建筑都是可持续发展的。

诺曼·福斯特设计的非洲文化纪念设施，带来明显的新地方主义风格造型语言，反映出了时代性、地域性的文化性特征。

与现代主义的"国际式"的千篇一律相对立，新本土主义是一种强调地方特色或民俗风格的设计创作倾向，强调乡土味儿和民族化，在北欧、日本和第三世界等地区比较流行。新地方主义派的室内设计特点可归纳为：

1. 该流派没有严格的、一成不变的规则和确定的设计模式，强调突显地方风味。

2. 产品以反映产地的风格样式及艺术特点为要旨。

3. 设计中尽量使用地方材料、做法，表现出因地制宜的设计特色。

4. 注重室内设计与当地风土环境的融合，从传统的建筑和文化中吸收营养，具有浓郁的乡土风味。

5. 室内陈设艺术品强调地方特色和民俗特色。

因此新地方主义派由于强调了因地制宜的设计原则，设计师发挥的自由度较大，其作品造价不高，艺术效果却别具一格，很快与所处环境融为一体。

如西班牙建筑师设计的泰国海啸纪念碑：纪念的山脉

西班牙建筑师安那·索莫扎·吉姆尼斯构思兴建的钢织纪念碑，灵感源自那些在泰国南部海岸耸立的石头，与塔式寺庙建筑相像，它将会成为博物馆或其他活动场地的上盖。

"新本土主义"在彰显本土风格的同时，又吸收了西方当代建筑派的语言，我们相信只有现代建筑手法、地域风格、本土资源、风土人情四位一体和谐而生的作品才是真正现代城市建筑本土化唯一的出路。

千佛塔造型

泰式风情配饰

印尼巴厘岛风情水疗房
南宁完美SPA会所，带有浓郁的新地方主义风格

泰式风情SPA房

项目设计：陶雄军

参与设计：陈新海、彭霄、任翔、黄本、赖金源、郭亚菊

泰式造型家具休闲间

接待厅

走廊

南宁完美SPA会所　设计：陶雄军

瑜珈房

五、现代高科技带来的形式革命——计算机智能变化造型

　　科学技术是人类社会进步的阶梯，也是建筑发展的阶梯，人类建筑活动总是和一定社会生产力发展水平以及经济、政治、文化发展状况紧密相联系的。技术手段的变革，会超越风格流派等文化因素，对建筑造型产生巨大的影响，并使得建筑审美观念和建筑创作观念及设计方法也随之发生巨大变化。

　　现代建筑赖以发展的基础之一就是科学的发展、技术的成熟，自19世纪工业革命到今天的近200年间，现代建筑的发展变化经历了三次重大的技术革命。第一次技术革命是材料技术和结构技术的革命，19世纪的工业革命提供了现代建筑必需的现代手段和新的建筑材料，钢筋混凝土、预制钢构件、平板玻璃等都为现代建筑的实现提供了必需的材料基础。这次材料和结构技术的革命，对建筑造型艺术所产生的深刻影响，是显而易见的。第二次技术革命是设备技术的革命。第三次技术革命是信息技术革命。与材料、结构技术的革命相比，信息社会里的高技术对建筑造型的直接作用有限，但其潜在的影响却不容忽视。它对建筑的影响不再是空间造型和功能组织关系，而是改变了建筑的内在中枢。

　　注重技术表现的建筑审美

　　从工业革命以后的近200年历史中，建筑的审美观也发生了重大的转折：即从古典建筑的形式美学到崇尚技术、欣赏机械美的现代建筑审美价值观。工业革命之后，钢铁、钢筋混凝土和玻璃等新材料逐步取代了石头，不仅改变了结构方法，也极大地改变了建筑的内外形式。与之相适应，人们的审美观念也发生了深刻变化，出现了所谓的"技术美学"，其主要特点在于它重视艺术构思过程的逻辑性、注意形式生成的依据和合理性，追求建造上的经济性以及建筑形式和风格的普遍适用性。尽管当时那些采用新材料和新技术建造的伦敦水晶宫、巴黎机械馆和埃菲尔铁塔等建筑，受到了包括建筑师在内的保守势力的反对。然而，这种大胆暴露金属结构、从钢铁机械中获取建筑创作灵感的设计思想，通过后世高科技派建筑师们的大力发扬，最终还是导致了注重技术表现的建筑审美价值观的形成。

　　将技术升华为艺术，并使之成为一种富于时代感的造型表现手段。1977年建成的巴黎蓬皮杜艺术中心、1982年建成的英莫斯微处理工厂、1986年建成的伦敦劳埃德大厦和香港汇丰银行办公楼，以及1994年建成的伦敦滑铁卢车站和日本大阪的关西国际机场等，都是由一些高科技派建筑大师在不同时期创作的颇有影响的代表性作品。特别是西班牙建筑师卡拉塔瓦作品中所表现出来的那种结构造型与美学意象水乳交融的表现方法，从另一个侧面将技术推向了造型艺术表现的审美境界。

技术开始被视作一种富有一定寓意的艺术表现形式，而在这种技术表现的发展演变过程之中，技术在人们的心中也就渐渐地被"艺术"化了。

很明显，技术表现的表达方式和内涵，在不同的时期和不同的建筑流派中扮演着不同的角色。但是在今天，钢、玻璃和金属等现代材料的广泛应用，以及相应的结构、构造技术与施工工艺的变革，彻底改变了以往建筑造型的表现方式，而成为信息时代高新技术在建筑造型方面的表征。

由此可见，科学技术的进步带来了建筑技术的变革，继而造就了不同的建筑艺术表现形式。

2008年奥运主体育场设计理念：

国家体育场坐落在奥林匹克公园中央区平缓的坡地上，场馆设计如同一个的容器，高地起伏变化的外观缓和了建筑的体量感，并赋予了戏剧性和具有震撼力的形体，国家体育场的形象完美纯净，外观即为建筑的结构，立面与结构达到了完美的统一。结构的组件相互支撑，形成了网络状的构架，它就像树枝编织的鸟巢。它为2008年奥运会树立了一座独特的历史性的标志性建筑。

体育场就像一个巨大的容器，不论是近看还是远观，都将给人留下与众不同的、永不磨灭的形象，它完全符合国家体育场在功能和技术上的需求，又不同于一般体育场建筑中大跨度结构和数码屏幕为主体的设计手法。体育场的空间效果既具有前所未有的独创性，而又简洁、典雅。体育场的外观为纯粹的结构，立面与结构达到完美的统一。结构的组件相互支撑，形成网络装的构架，其立面、楼梯及屋顶完美有机地融为一体，穿过体育场的网络状构架，人们边进入了体育场环绕看台的宽敞回廊。从这里，人们可以浏览包括通往看台的楼梯在内的整个区域动线。体育场大厅，是一个室内的城市空间，设有餐厅和商店，其作用就如同商业街廊或广场，吸引着人们流连忘返。

阳光可以穿过透明的屋顶满足室内草坪的生长需要。

滑动式的可开启屋顶是体育场结构中必可少的一部分。当它合上时，体育场将成为一个室内的赛场。如同一个容器的盖子，不管屋顶是闭合还是开启，它都是建筑物的基本组成部分。除了一些特定的结构需要外，可开启屋顶的结构基本上也是一个网络状的架构，装上充气垫后，成为一个防水的壳体。

2+1 HOUSE scheme-i : Sliding

0 From 3 to 2+1:
The background and reasoning

"------clan------hierachical kin-------extended family-----core family------"

From the history, we see a worrying procedure of the home-detaching.

May our traditional family relationship disappear in more and more individualized current society?

or we face the individual demands of each family members, directly,

searching for a new living pattern,

in which we can richly enjoy both

our independences and family connections.

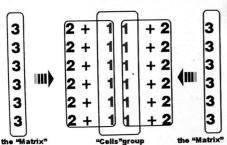

the "Matrix"　　"Cells"group　　the "Matrix"

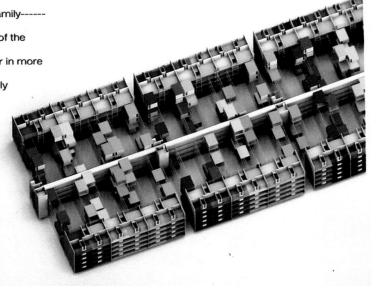

1

主题性国际竞赛作品

XIANDAI SHEJI ZAOXING CONGSHU ● HUANJING SHEJI ZAOXING　　现代设计造型丛书　｜＋环境设计造型

71

Among the "oells"

1 HOUSE scheme-i : Sliding

ne-i , divides a traditional living unit into two parts:

arents-part + slidable child-cell.

主题性国际竞赛作品

中国金华建筑实验项目作品

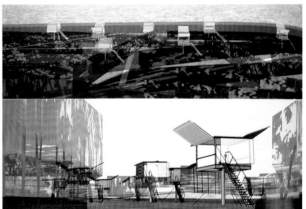

中国金华建筑实验项目，传达出不同的设计观念与造型设计

折叠的空间

树的主题造型

桥的意象设计

艾未未设计的中国的"房子"

ng plan

nil-

ng

or

s

ay

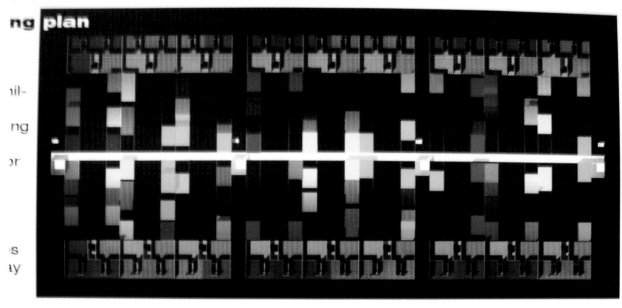

ng section

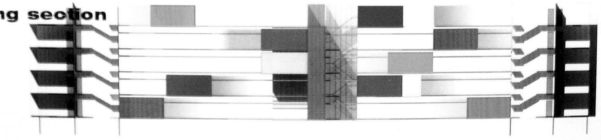

主题性国际竞赛作品

The grass House & Sunken Rooms

Making lower sunken areas on a floor is how to make primitive scale its area from actual ground.
But, in the era of electronic Media doing that is how to organize life with nature in topographical fashion.
I resembles the conceptual aspects of the sunken court cave dwellings in China's Linfen, mediterranean or others
or the ground conditions of primitive dwelling place in African or homes.
There are two prominent layers, grass and room, and a kitchen is located between them.
he kitchen associate the areas on movement and function between common area and private area.

ground   kitchen   rooms   steps   foundation

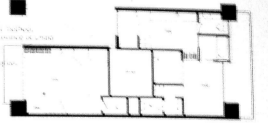

Sunken Room Plan scale: 1/100

Grass Floor Plan scale: 1/50

2+1 HOUSE scheme-i :

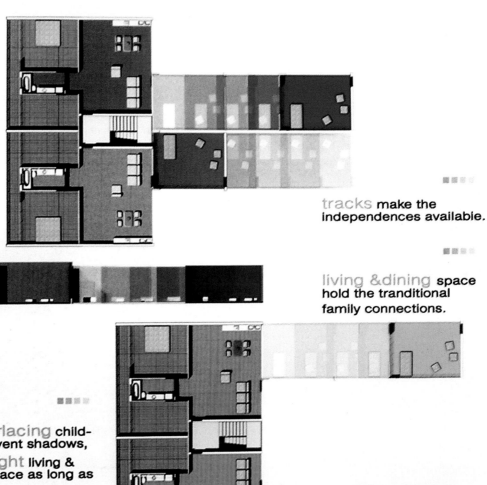

tracks make the
independences available.

living &dining space
hold the tranditional
family connections.

the interlacing child-
cells prevent shadows,

keep bright living &
dining space as long as
possible.

3

主题性国际竞赛作品

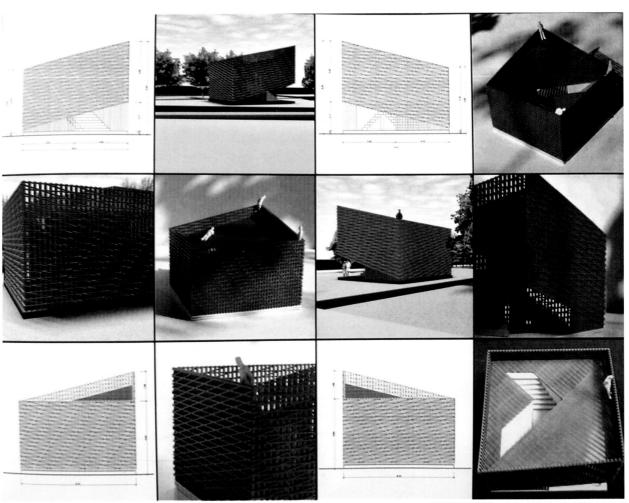

运动体态的问讯处造型，通过形体的变化引导人视野上的变化

桥的主题设计

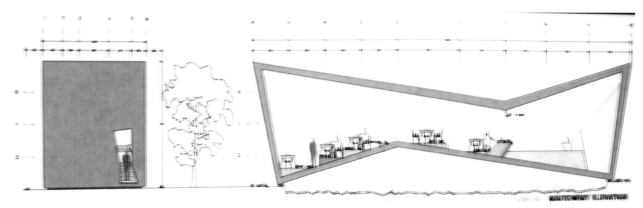

桥的主题建筑设计

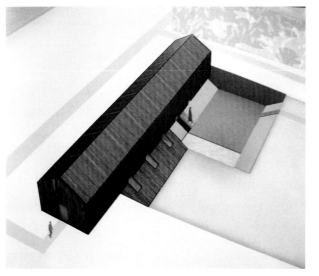

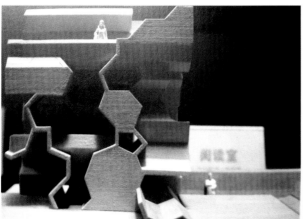

源于"太湖石"概念设计的多功能房子，造型语言非常前卫

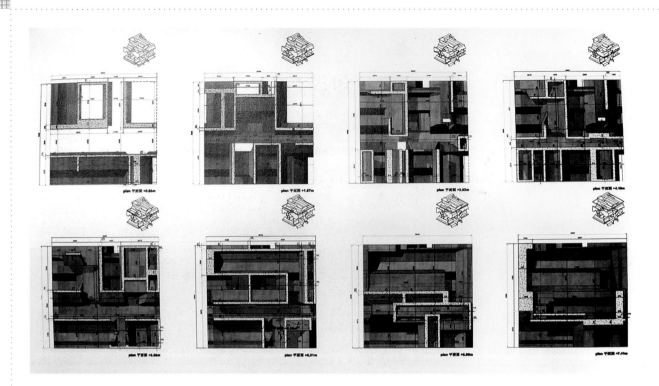

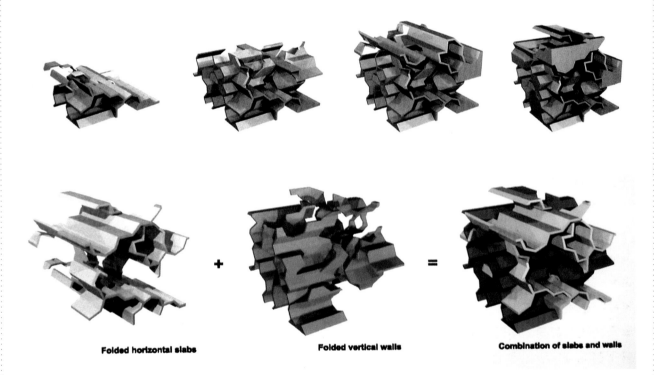

Folded horizontal slabs   **Folded vertical walls**   **Combination of slabs and walls**

"太湖石"的设计演变、建构过程

廣西壯文化研究所

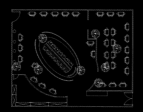

設計説明:

　　本設計靈感來源于銅鼓的造型，特有的"鼓牆"給人以耳目一新的感覺，用銅鼓，壯錦，長笛，廣西特有的元素，去營造一個集現代和傳統相結合的廣西壯文化俱樂部。

　　其每個空間之間有隔牆，視覺上形成一個新的空間，其用"長笛"這一載體作爲光源，閃閃發出的光芒給人生勾畫一種美妙的境界，生動的展現了廣西壯文化俱樂部舒適的獨特空間。

廣西藝術學院設計學院　　　郭君健

指導教師：陶雄軍

THE FACE

思索铜鼓于蜂窝的结合……

模型的出现……

 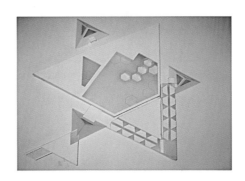

最终效果……

 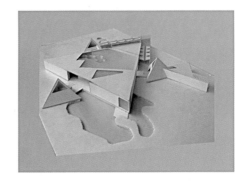

作者：程阳　韦敏
指导老师：陶雄军

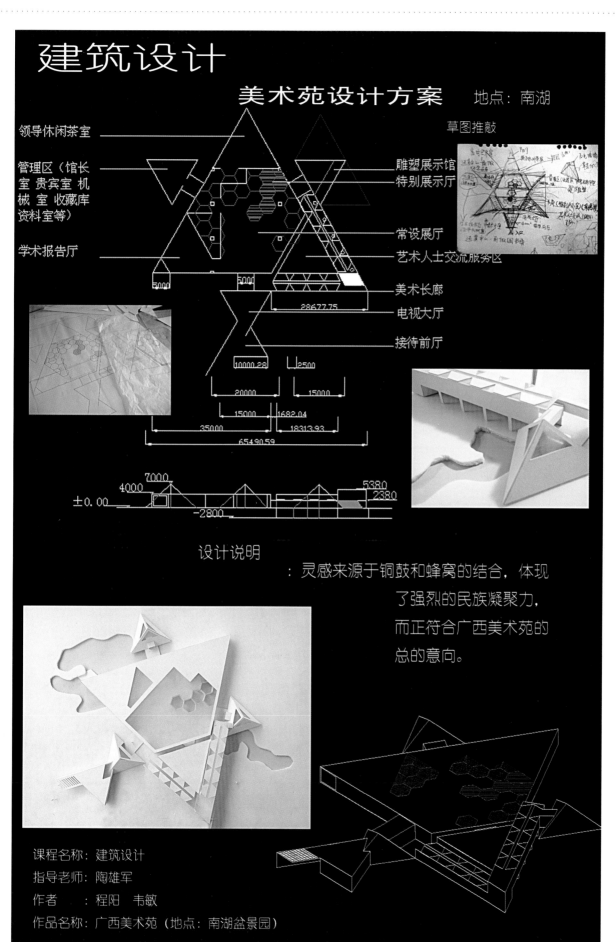

建筑设计

美术苑设计方案　地点：南湖

草图推敲

领导休闲茶室

管理区（馆长
室 贵宾室 机
械 室 收藏库
资料室等）

学术报告厅

雕塑展示馆
特别展示厅

常设展厅
艺术人士交流服务区

美术长廊
电视大厅

接待前厅

设计说明

：灵感来源于铜鼓和蜂窝的结合，体现
了强烈的民族凝聚力，
而正符合广西美术苑的
总的意向。

课程名称：建筑设计

指导老师：陶雄军

作者　　：程阳 韦敏

作品名称：广西美术苑（地点：南湖盆景园）

该设计获广西艺术学院年度艺术设计大赛一等奖

05 造型设计中的材质艺术

造型设计是人们在一定的文化艺术指导下，有意识地运用人类科学文化发展的优秀成果，用现代工业化生产方式将材料转变为实用、经济、美观工业产品的创造性活动。现代产品的质量指针应包含内在质量——实用性(结构、性能、寿命)，外观质量——美观性(形、色、装饰)和舒适方便程度——舒适性(人机协调)。而要达到上述指标，选用什么材料，在造型设计中起着主导作用。可选用的设计材料所涉及范围十分广泛，从气态、液态到固态，从单质到化合物，无论是传统材料还是现代材料，天然材料还是人工材料，单一材料还是复合材料，均是造型设计的物质基础。不同材料，不仅制约产品的结构和形状大小，也使产品有不同的外观质量，不同的装饰效果和不同的经济效益。因此合理地科学地选用造型材料是造型设计中极为重要的内容。

造型多变的各式家具

时尚绒面沙发

一、肌理与质感认知

造型设计中常用材料的组成(金属、塑料、陶瓷、玻璃、木材)、材料的色彩、质感、光泽、纹理、触感、舒适感、亲切感、冷暖度、重量感、柔软感等表面特征,对产品的外观造型有着特殊的表现力,在造型设计中应充分的考虑。我们所使用的材料,一般可分为天然材料和人工材料两大类。它们都各有自身的外观特征和质感,给人以不同的感觉。造型设计时要根据产品的功能和特性,合理科学地运用材料的外表特征和质感,造型设计者应高度重视和熟悉材料的这种特征,在造型设计中应用美的

法则组织它们,使材料各自的美感特征相互衬托、相得益彰,以获得产品造型设计的形、色、质的完美统一。

天然物最能代表纯真的特色,运用恰当可以使产品外观具有迷人的魅力。木材是天然造型材料,质感亲切,纹样优美,色泽素雅。木材造型品能给人以一种特有的纯朴美、自然美。塑料材料外表特征的可变性极大,它光亮多彩可注塑出各种不同的纹理,可以加工出十分近似于各种材料所具有的质地美。

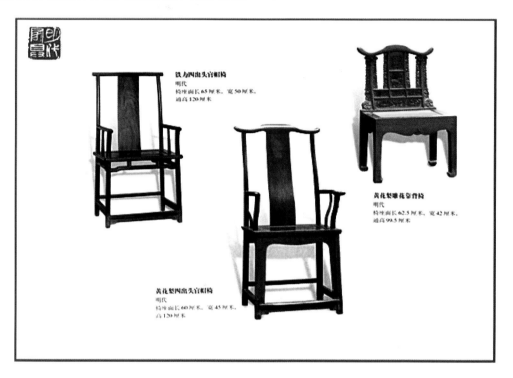

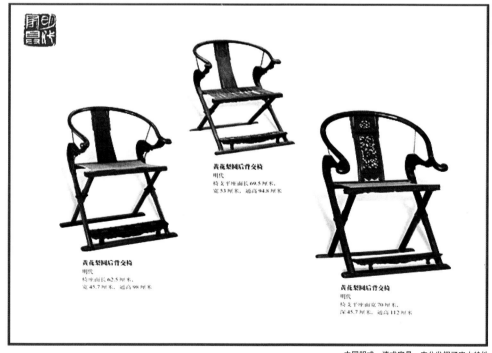

中国明式、清式家具,充分发挥了实木特性

简约风格的书房木制家具

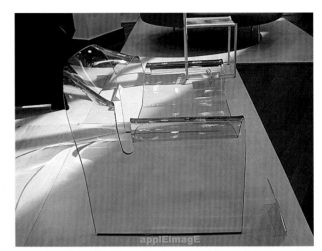

长发挥材料特性，进行形体塑造

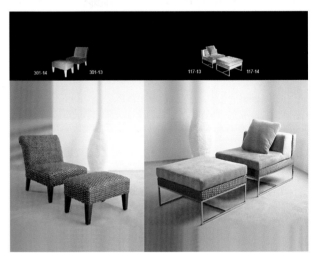

香港新机场的休息区家具造型

二、肌理与质感特征的产品造型设计

材料的设计语言

材质美是产品造型设计的一个重要方面，现代设计的特点之一就是追求自然纯朴的材质美。材质指材料自身的结构与组织，质感是材质给人的感觉和印象。材质美通过材料本身的表面物性，即色彩、光泽、结构、纹理、质地表现出来的，人们通过视觉和触觉、感知和联想来体会材质美。不同质感的材料给人以不同的触感、联想、心理感受和审美情趣。材料的光滑与粗糙、粗犷与精细、透明与不透明、坚硬与柔软、冷与暖、轻与重、粗俗与典雅等，这些都是表现材质美的一种形式。

材质美与材料本身的组成、性质、结构与表面状态有关。例如花岗岩质感坚硬、沉重，给人以厚重稳定的美感；大理石质地细腻、纹理自然、光泽柔和美观耐看；铝合金华贵轻快，刚劲挺拔；玻璃性脆质硬，晶莹透明；木材朴素无华，纹理别致，轻巧而高雅；羊毛织物亲切、华贵；丝织品润滑而柔软；塑料制品造型别致、轻巧，色彩艳丽；陶器粗犷，而瓷器显得精细。

表现产品的材质美并不在于高级与否，而在于合理而又艺术地使用材料。所谓合理地使用材料，是根据材料的性质、产品的使用功能和设计要求正确地选用材料。艺术地使用材料指追求不同形、色、质材料的和谐与对比，充分显露材料的材质美，借助于材料本身的素质来增加产品的艺术造型效果。

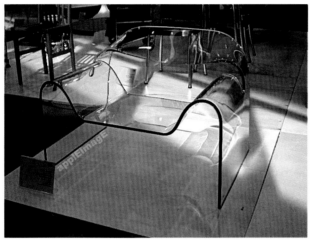

热弯玻璃造型

北欧休闲躺椅

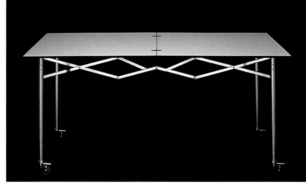

活动钢制家具

时尚贵妃椅

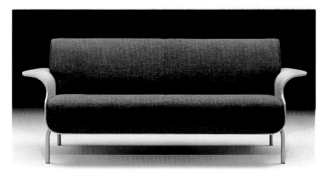

胶合板、布艺沙发

充气家具，自由造型

三、材料与技术

　　材料是通过多种工艺手段才成为产品的。加工成型性能是衡量一种造型材料优劣的重要标志，可以说任何一种应用广泛的造型材料必须具备良好的加工成型性能。

　　木材自古以来是一种普遍应用的造型材料，由于它具有易锯、易刨、易雕刻、易钻孔、易组合的工艺性能，至今仍然被视为优良的造型材料而得到广泛应用。除木材外，现代工业生产中加工成型性优良的还有钢铁、塑料、玻璃、陶瓷等。

藤编家具造型

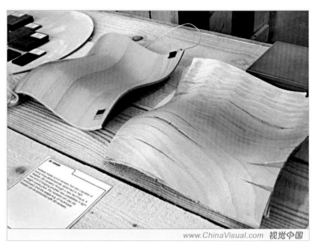

胶合板的材料特性

钢木结构造型沙发

胶合板造型

　　塑料具有非常卓越的造型加工性能，几乎可以制成任何几何形状复杂的整体化制品，这就是给造型设计者提供了不受加工制作的限制和不受形状、线型约束的方便，可以自由地表现造型者所构思的艺术形象。目前，在多领域的产品造型设计中采用工程塑料制作，一次注塑成功非常优良的成型加工性能是塑料成为当代不可缺少的造型材料的重要原因。

压制成型的塑料椅，造型流畅简洁

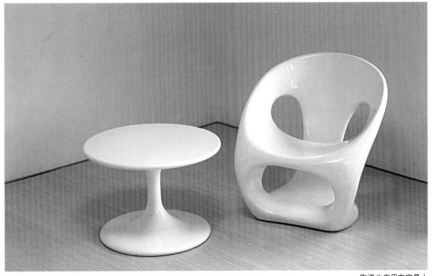

陶瓷也应用在家具上

总的来说在设计材料的选择应遵循下列技术指标：

（1）材料的性质应满足产品功能、使用环境、作业条件的需要。

（2）材料应具有良好的工艺性能，符合造型设计中成型工艺、加工工艺和表面处理工艺的要求，应与加工设备及生产技术条件相适应。

（3）在满足设计要求的基础上，尽量降低成本，优先选用资源丰富、价格低廉的材料。

（4）材料的选择应与产品的等级相适应，不同等级的产品应选用不同档次的材料。

（5）根据产品的造型特点、民族风格和时代性及区域特征，选择不同质感不同风格的材料。

随着科学技术的发展，新材料层出不穷，今天，新材料的品种之丰富和性能之优良是过去任何历史时期所不可比拟的，新材料的推广应用，对提高产品的内在质量和外观质量及降低成本都有着重大的意义。

现在人类面临着一次次新的技术革命，新材料的开发就是其中的一个重要方面。新型可降解塑料、精细陶瓷、有记忆功能的合金、非精质硅制成的太阳光电池等等，其中以可降解塑料的研制最为重要。许多新塑料具有非常优异的性能。人们还利用原材料进行改性处理，以克服其原有的缺点，使之成为性能更佳的新型材料。造型设计者应及时掌握和熟悉各种新材料的特性，并根据客观条件大胆地选用。

优良的材质和正确的造型设计手段是塑造产品技能与形式的基础，而产品的造型表现性也与材质、制作工艺是密切相关的，因此造型设计者应考虑如何巧妙地利用材料的特性，尽量地发挥材料本身的色泽、肌理与质感的美，并赋予相应的设计语言。不同材料有不同的表现手法，有不同的造型形态，要做到适材赋型，各有表现的特殊性。

北欧简约风情的曲美家具造型组合

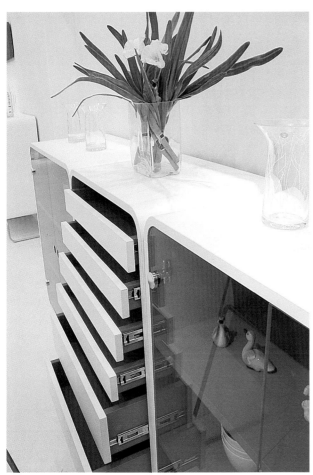

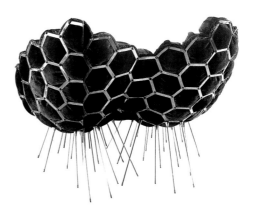

时尚蜂窝造型休闲钢椅

民族布与钢管的结合造型椅艺

曲美家具造型组合，充分发挥了材料的特性

不锈钢休闲沙发，展现了不锈钢材质的迷人魅力与特质

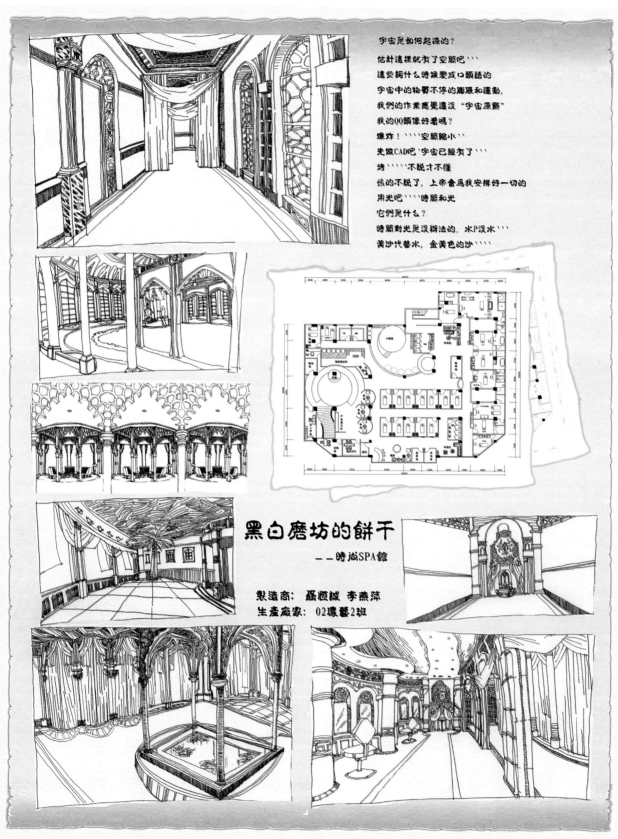

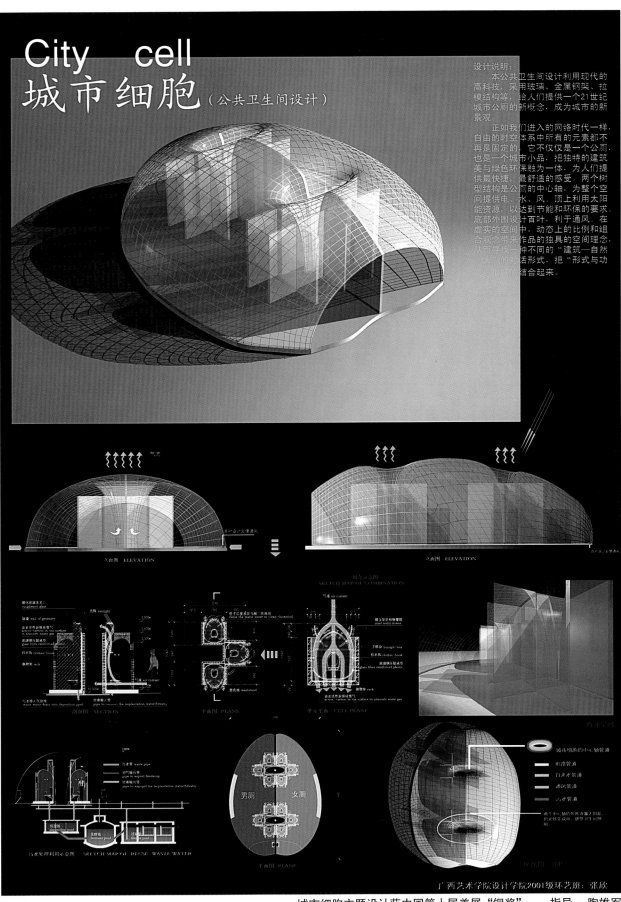

City cell
城市细胞（公共卫生间设计）

设计说明：

本公共卫生间设计利用现代的高科技，采用玻璃、金属钢架、拉模结构等，给人们提供一个21世纪城市公厕的新概念，成为城市的新景观。

正如我们进入的网络时代一样，自由的时空体系中所有的元素都不再是固定的，它不仅仅是一个公厕，也是一个城市小品，把独特的建筑美与绿色环保融为一体，为人们提供最快捷，最舒适的感受。两个树型结构是公厕的中心轴，为整个空间提供电、水、风。顶上利用太阳能资源，以达到节能和环保的要求。底部外围设计百叶，利于通风。在虚实的空间中，动态上的比例和组合观念带来作品的独具的空间理念，从而寻找一种不同的"建筑—自然—人"的对话形式，把"形式与功能"很好地结合起来。

立面图 ELEVATION

立面图 ELEVATION

组合示意图
SKETCH MAP OF COMBINATION

剖面图 SECTION

平面图 PLANE

单元平面 CELL PLANE

污水处理利用示意图
SKETCH MAP OF REUSE WASTE WATER

男厕　女厕

平面图 PLANE

广西艺术学院设计学院2001级环艺班：张欣

城市细胞主题设计获中国第十届美展"铜奖"　　　指导：陶雄军

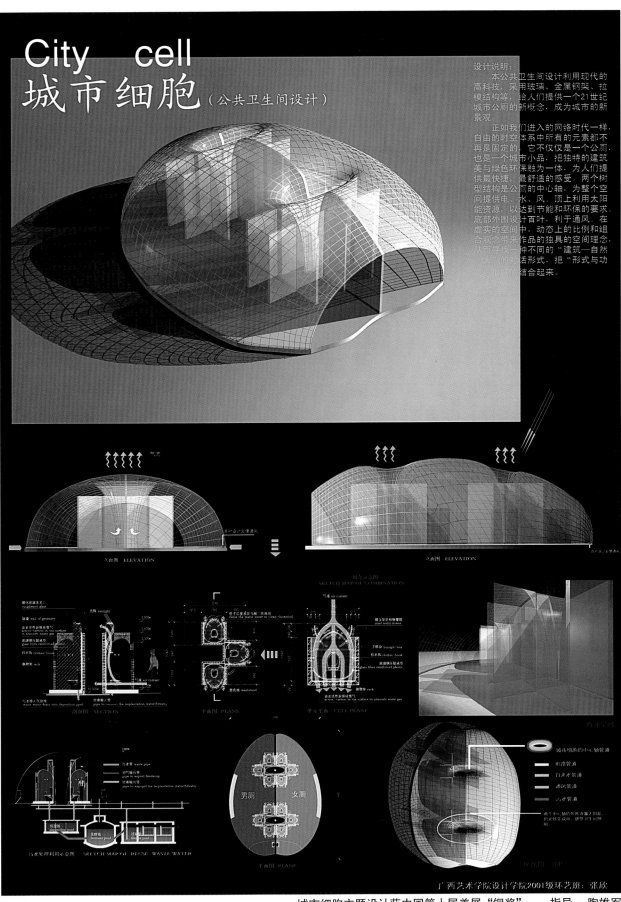

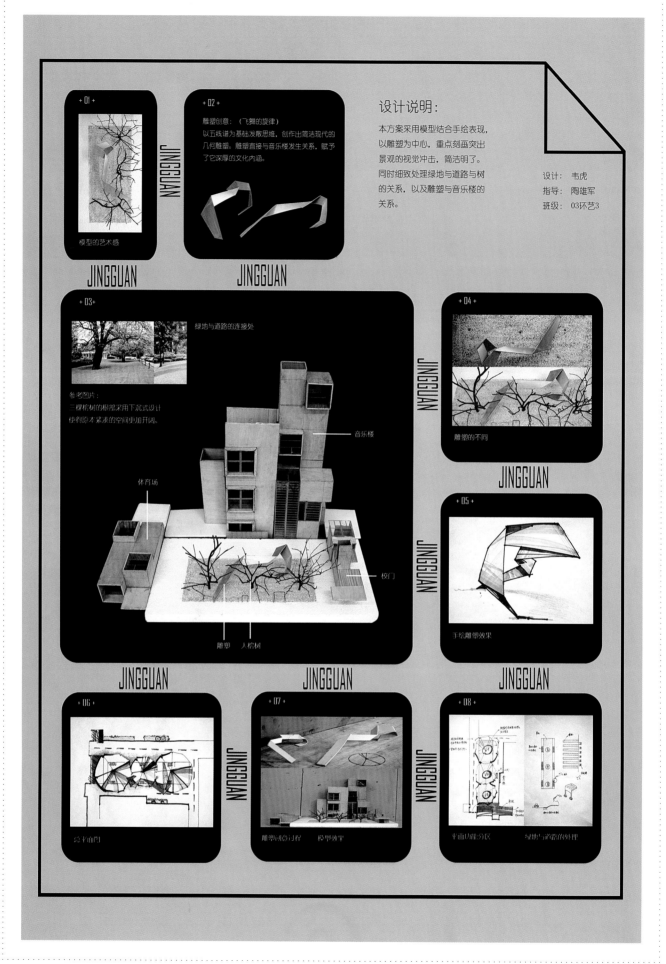

+ 01 +

JINGGUAN

模型的艺术感

+ 02 +

雕塑创意：（飞舞的旋律）
以五线谱为基础发散思维，创作出简洁现代的
几何雕塑。雕塑直接与音乐楼发生关系，赋予
了它深厚的文化内涵。

JINGGUAN

设计说明：

本方案采用模型结合手绘表现，
以雕塑为中心，重点刻画突出
景观的视觉冲击，简洁明了。
同时细致处理绿地与道路与树
的关系，以及雕塑与音乐楼的
关系。

设计：韦虎
指导：陶雄军
班级：03环艺3

JINGGUAN

+ 03 +

绿地与道路的连接处

参考图片：
三棵榕树的根部采用下沉式设计
使得原本紧凑的空间更加开阔。

音乐楼

体育场

雕塑　人榕树

校门

+ 04 +

JINGGUAN

雕塑的不同

JINGGUAN

+ 05 +

JINGGUAN

手绘雕塑效果

JINGGUAN

+ 06 +

总平面图

JINGGUAN

+ 07 +

雕塑创意习作　模型效果

JINGGUAN

+ 08 +

平面功能分区　绿地与道路的处理

94

TOYO ITO 表参道 TOD'S 建筑

THE FACE

●●●● 草模推敲/

●●● 总平面布局推敲

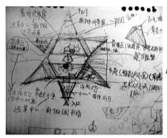

思索一种板式与点式的结合

●●● 模型布局推敲

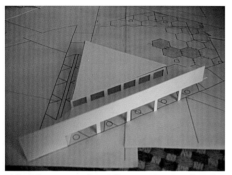

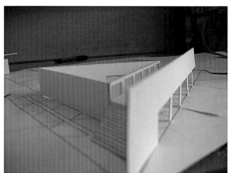

体块可以相错，使室内空间
变得曲幽。

鉴于盆景园整体形体的组合
此建筑不宜建太高。

●●● 完整的公共面与丰富的交流空间的最终出现。○○○○

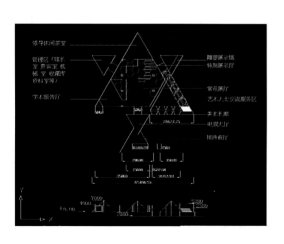

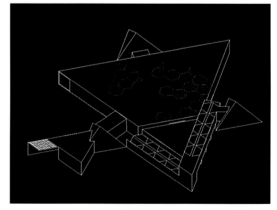

作者：程阳　韦敏

指导老师：陶雄军

手绘效果图及分区布置设计

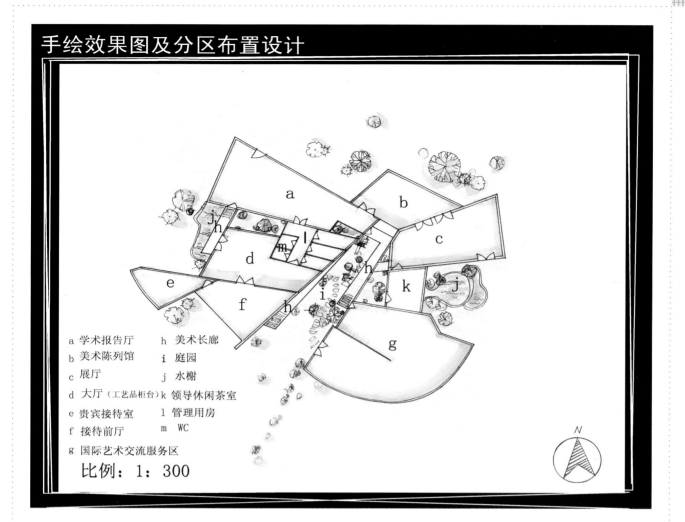

a 学术报告厅   h 美术长廊
b 美术陈列馆   i 庭园
c 展厅   j 水榭
d 大厅（工艺品柜台）k 领导休闲茶室
e 贵宾接待室   l 管理用房
f 接待前厅   m WC
g 国际艺术交流服务区

比例：1：300

平面图设计：

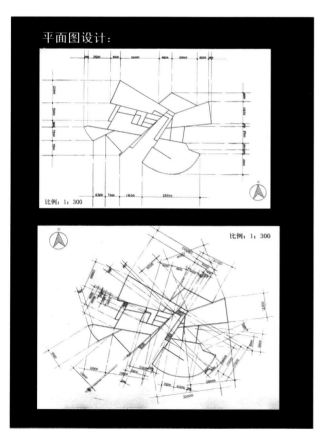

比例：1：300

比例：1：300

轴测图设计：

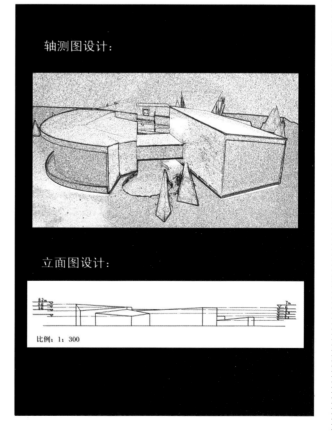

立面图设计：

比例：1：300

设计初稿:

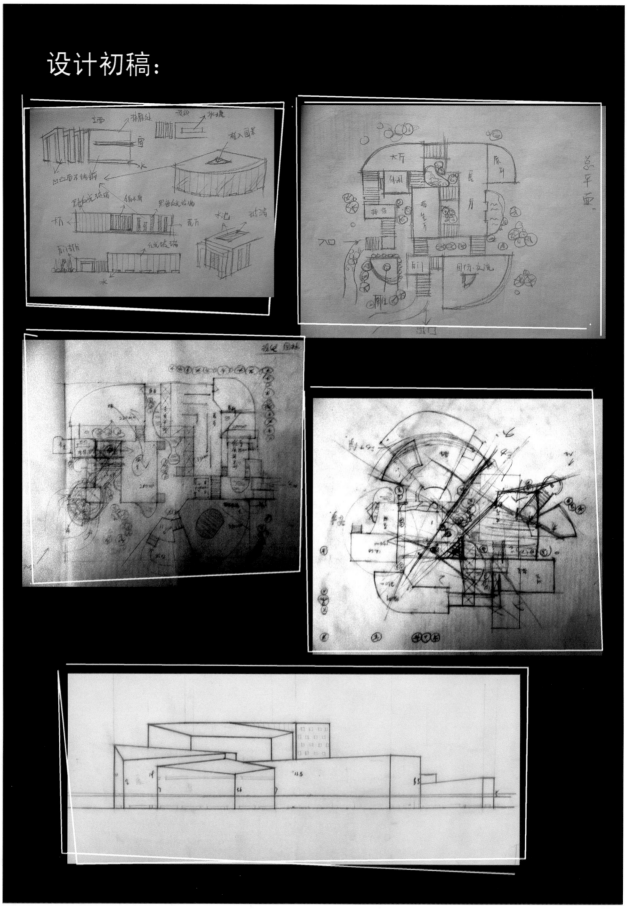

设计:陈剑、周博、杨娟 指导:陶雄军

模型制作过程：

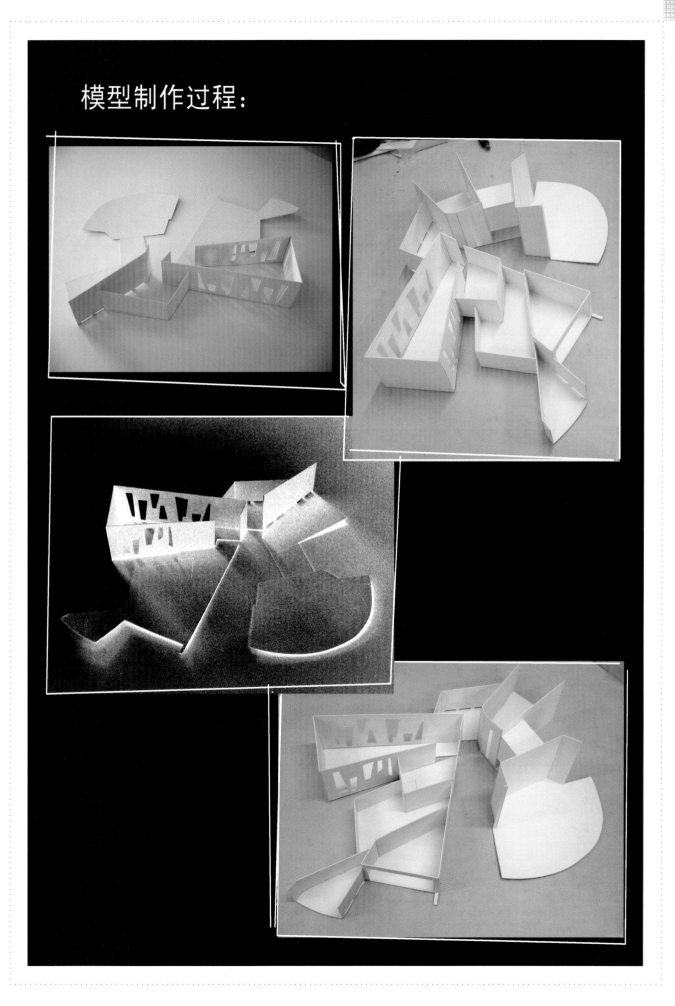

模型最终完成效果

模型制作过程：

高低错落的节奏

大块面线条的分割

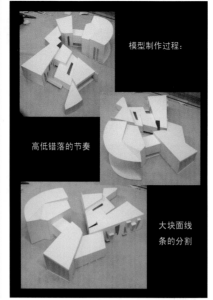

模型制作最终效果

设计初稿：

主题：

美术苑意象设计

设计说明：

让建筑体现出方向感，再付与空间挑，叠，透，搭的自然形态，让空间错落有序，空间与空间之间做了互相呼应没有脱节，建筑看起来大方，爽快，俭约，自然，具现代建筑美术苑个性化空间的时代前沿走向，赋予动态形式的美感。

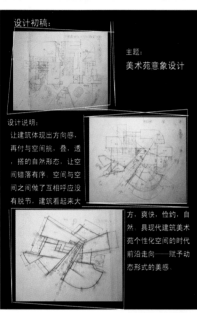

模型制作最终效果

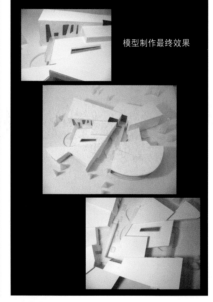

模型制作最终效果

模型完成最终效果

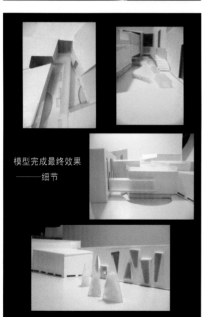

模型完成最终效果
——细节

模型完成最终效果——侧面

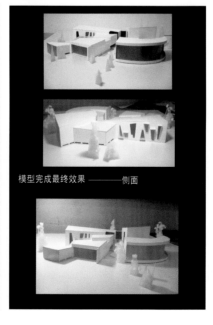

模型完成最终效果
——整体

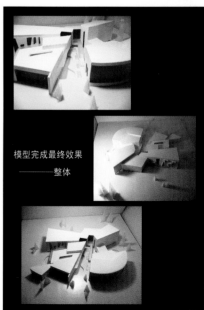

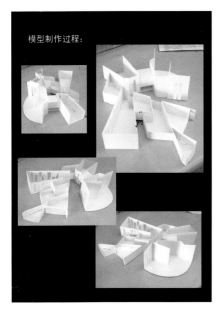

模型制作过程：

模型完成最终效果

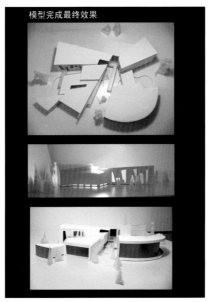

设计说明：把原来一个开畅的空间围合起来，使其更有空间感，建筑物本身的体量关系也更加的强烈

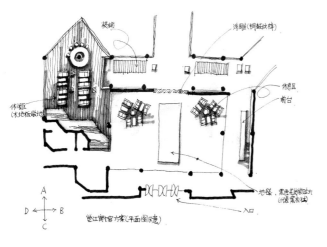

爸江宾馆方案(平面图示意)

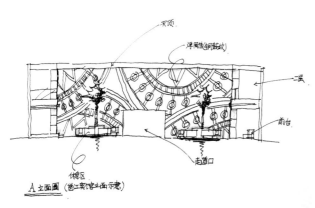

A 立面图 (爸江宾馆立面示意)

设计：任　翔
指导：陶雄军

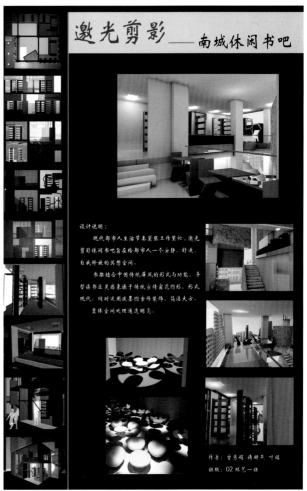

邀光剪影——南城休闲书吧

设计说明：

现代都市人生活节奏紧张工作繁忙，邀光剪影休闲书吧旨在给都市人一个安静、舒适、自我释放的冥想空间。

书架结合中国传统屏风的形式与功能，异型读书区灵感来源于传统、壮传畜花图形，形式现代。同时运用泼墨图案作装饰，简洁大方。整体空间处理通透明亮。

作者：甘秀娟 倩婷兰 叶铭
班级：02 环艺一班

酒店空间设计
（邕江宾馆设计方案）

设计说明

本商务酒店大堂方案是以壮族文化背景为主题设计，着重为绕壮族的铜鼓浮雕纹样为素材、贯穿其中，以大堂正前方的大幅铜鼓纹样逐步向四周扩展，其他的壮锦纹样最有视觉冲击力，使整体个大厅连为一个完整的整体，表现出及强的地方色彩和明亮的商务酒店大堂空间。

指导老师：陶雄军
作者：任翔

酒店空间设计
（邕江宾馆设计方案）

指导老师：陶雄军
作者：任翔

该项目课题设计，空间中运用了一定的广西壮族民族元素，进行多种形式的组织设计，包括夸张、切割、叠加、重构等设计基本方法，空间具有了壮乡的韵味与时代气息。

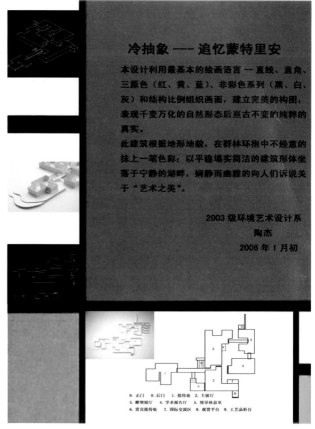

冷抽象 —— 追忆蒙特里安

本设计利用最基本的绘画语言 —— 直线、直角、三原色（红、黄、蓝）、非彩色系列（黑、白、灰）和结构比例组织画面，建立完美的构图，表现千变万化的自然形态后亘古不变的纯粹的真实。

此建筑根据地形地貌，在群林环抱中不经意的抹上一笔色彩；以平稳塌实简洁的建筑形体坐落于宁静的湖畔，娴静而幽雅的向人们诉说关于"艺术之美"。

2003 级环境艺术设计系
陶杰
2006 年 1 月初

0. 正门 0. 后门 1. 接待处 2. 主展厅
3. 雕塑展厅 4. 学术报告厅 5. 领导休息室
6. 贵宾接待处 7. 国际交流区 8. 观赏平台 9. 工艺品柜台

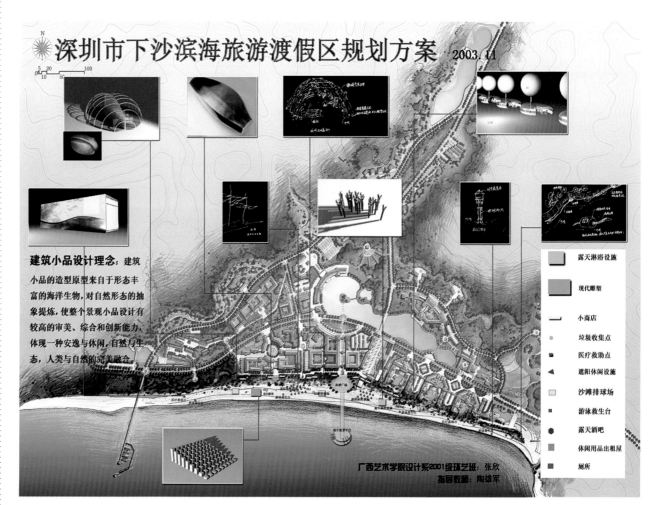

深圳市下沙滨海旅游渡假区规划方案 2003.11

建筑小品设计理念： 建筑小品的造型原型来自于形态丰富的海洋生物，对自然形态的抽象提炼，使整个景观小品设计有较高的审美、综合和创新能力，体现一种安逸与休闲，自然与生态，人类与自然的完美融合。

露天淋浴设施

现代雕塑

小商店

垃圾收集点

医疗救助点

遮阳休闲设施

沙滩排球场

游泳救生台

露天酒吧

休闲用品出租屋

厕所

广西艺术学院设计系2001级环艺班：张欣
指导教师：陶雄军

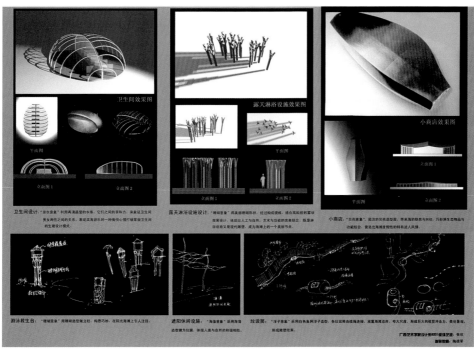

卫生间设计："治水意象"利用两满盈温型的水体，它们之间的柔和力，来象征卫生间男女两性之间的关系，表现流海游乐的一种愉悦心情打破常规卫生间的卫生硬设计模式。

露天淋浴设施设计："珊瑚意象"将柔丽维阳形状，经过构成提练，结合高科技的雾状效果设计，体现出人工与自然。艺术与功能的完美结合，既是淋浴设施又是现代雕塑，成为海滩上的一个美丽节点。

小商店："贝壳意象"，晶莹的灵光造型度，带采海的联想与纳合，巧妙将生态物品与功能结合，营造出海滨柔性的特有迷人风情。

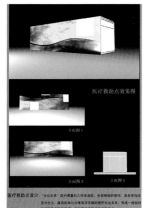
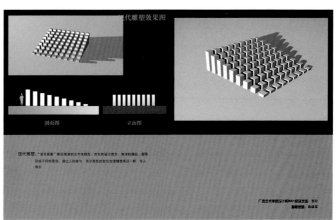

游泳救生台："珊瑚意象"用珊瑚造型做立柱，构思巧妙，在阳光海滩上引人注目。

遮阳休闲设施："海浪意象"采用海浪造型做为拉罩，体现人类与自然的和谐模式。

垃圾箱："浮子意象"采用白色鱼网浮子造型，各垃圾箱由线绳连接，放置海滩追岸大尺度，形成巨大的景观冲击力，美化景观。

现代雕塑效果图

现代雕塑："浪花意象"将拉海浪的立方块组合，产生的设计情念。海洋的潮起，潮落形成不同的景型，通过人的参与，海沙景观的变化也使雕塑耳目一新，令人遐想。

医疗救助点设计："对比关系"简约的薄盖的几何体造型，色彩艳丽的窗户，具有很强烈的艺术张力；建筑物体与沙滩海洋环境的强烈对比关系，形成一种别样的滨海美感淡于海滩，突出医疗保助点的功能特点。

医疗救助点效果图

广西艺术学院设计系2001级环艺班：张欣
指导教师：陶雄军

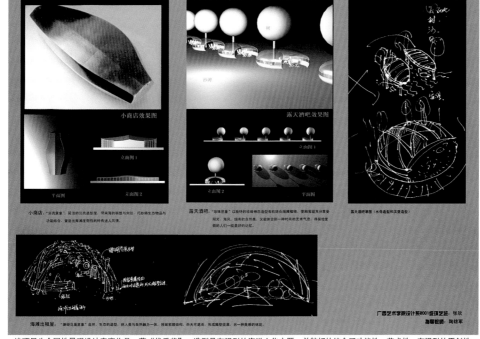

小商店："贝壳意象"，晶莹的灵光造型度，带采海的联想与纳合，巧妙将生态物品与功能结合，营造出海滨柔性的特有迷人风情。

露天酒吧："球体意象"以独特的珍珠串造型有机结合海湖植物，白昼容颜光分享受阳光、海风、绿色的青年海滩，又媚体会到一种时尚的艺术气息，再留绘度假的人们一段美好的记忆。

露天酒吧设计（水母造型和汉堡造型）

海滩出租屋："珊瑚纯晶意象"自然、生态的造型，把人类与自然融为一体，结留架钢结构，再采可透明，形成雕塑效果，另一种美好的体现。

广西艺术学院设计系2001级环艺班：张欣
指导教师：陶雄军

设计：张 欣
指导：陶雄军

该项目为全国性景观设计竞赛作品，获"优秀奖"，造型具有强烈的海洋文化主题，并较好的结合了功能性、艺术性，有强烈的原创性。

C座02户型 建筑面积:72.95m²
房号: 11#

C座02户型 建筑面积:72.95m²
房号: 11#

本案采用**45°**的空间切割形式,把空间利用极至,用绚丽的色彩表现生机勃勃**青春**本色,简约的**几何**组合体现了新新人类以积极的姿态展现自**我**的风采。

作者:傅妍燕
导师:黄文宪 陶雄军

材料清单:

地面:马可波罗 羊脂玉 600X600
卫生间地面:马可波罗仿古砖316X316
顶面:局部纸面石膏板吊顶
厨房:密底板喷漆

墙面:乳胶漆
卫生洁具:尚高

生幾活何

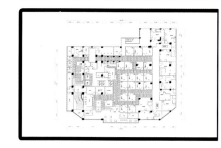

沐館 壹

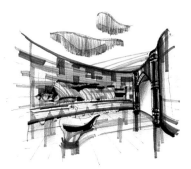

剪舒城设计方案

如真似幻如卧佛导眠，从步入大堂的一瞬间起就感受到一番"世佳境。创意设计来自佛主释迦牟尼菩罗树下深邃普生的典故。服务台为剪舒城LOGO店标。接待大堂天顶上绽放着巨大的莲芯。仔细看有的话还能见到的莲花上星星点点的璀璨光点。

转过一个剪烛。过三棵石柱平悦。步入前厅，一泓喷泉跃然展现在眼前，能耐的碧波里还矗立镶金姿罗树，屏风后水色之中掩映着朵朵石莲花，仿佛正进入一个完全不同的世界。

剪舒城独立的美容美体室、桑拿房、淋浴室、卫生间屏除了尘世的宣嚣。独秋为区品位的悠而另辟的世外桃源。没有任何不相干的打扰。只有芬芳的气息以及问道如己相觉的馈赠。VIP中一篇被竹使您您恰感泥土和自然的气息，以烛光点缀出那沉思和宁静。

剪舒城让来到这里的客客的身体和精神都飘飘似乎地离开了喧闹来到了天堂，并使她们的平和、美丽、精力和活力在这里得到延伸

课程:项目设计　学生:何绪钧　指导老师:陶雄军　日期:2005.10

XIANDAI SHEJI ZAOXING CONGSHU · HUANJING SHEJI ZAOXING

现代设计造型丛书　+ 环境设计造型

图书在版编目（CIP）数据

环境设计造型/陆红阳等主编.—南宁：广西美术出版
社，2007.5
（现代设计造型丛书）
ISBN 978-7-80746-061-9

Ⅰ.环… Ⅱ.陆… Ⅲ.环境设计：造型设计 Ⅳ.TU-856

中国版本图书馆CIP数据核字（2007）第067752号

艺术顾问：	黄格胜 李绍中
主　　编：	陆红阳 喻湘龙
本册著者：	陶雄军
策　　划：	姚震西
责任编辑：	白　桦 钟志宏
装帧设计：	白　桦
丛 书 名：	现代造型设计丛书
书　　名：	环境设计造型
出　　版：	广西美术出版社
地　　址：	南宁市望园路9号（530022）
发　　行：	广西美术出版社
制　　版：	深圳雅佳彩制版有限公司
印　　刷：	南宁嘉彩印务有限责任公司
版　　次：	2007年12月第一版
印　　次：	2007年12月第一次印刷
开　　本：	1/16　889×1149mm
印　　张：	6.75
书　　号：	ISBN 978-7-80746-061-9/J·776
定　　价：	38.00元